お隣の美人エルフの
距離感が
近すぎる件
～私と
イイコト
しませんか?～
The beautiful elf
neighbor is
too close to me

「い、いっぱい食べてます？」
「はい！　それはもう、遠慮なく」
YOK
森江《もりえ》ルフ
渡良瀬の隣の部屋（101号室）に住んでいるエルフのお姉さん。恥ずかしがり屋なくせに、自分の服装に関しては無頓着。基本的にゲームばかりしているニート。ゲームのようなシチュエーションが現実で起こると興奮する。
渡良瀬《わたらせ》 亮駕《りょうが》
自宅から少し遠い高校に通うため、アパートで一人暮らしを始めた男子高校生。102号室。お隣のルフさんが色々気になるが、とりあえずスルーしている。小学生の時に森で見つけた謎の芸術作品に魅入られ、『自然工芸部』という部活に入る。

早崎《はやさき》羽椰世《はやせ》
渡良瀬たちが住んでいるアパートを所有する不動産屋の娘でお嬢様。渡良瀬と同級生で、親友のことりのことがとても好き。ヤンデレ気質。
「あ、羽椰世ちゃん。美味しかったよー」
「ことりちゃん。これどうだった？」
水瀬《みずせ》ことり
渡良瀬と同じアパートに住み、同じ高校に通う同級生。201号室。羽椰世とは小学生の時から仲が良いが、彼女からの尋常じゃない好意には気付いていない様子。

OTOME
市場《いちば》お姉さん
203号室に夫婦で住んでいる20代前半の人妻。アパートでバーベキューを仕切るなど、典型的な陽キャ。

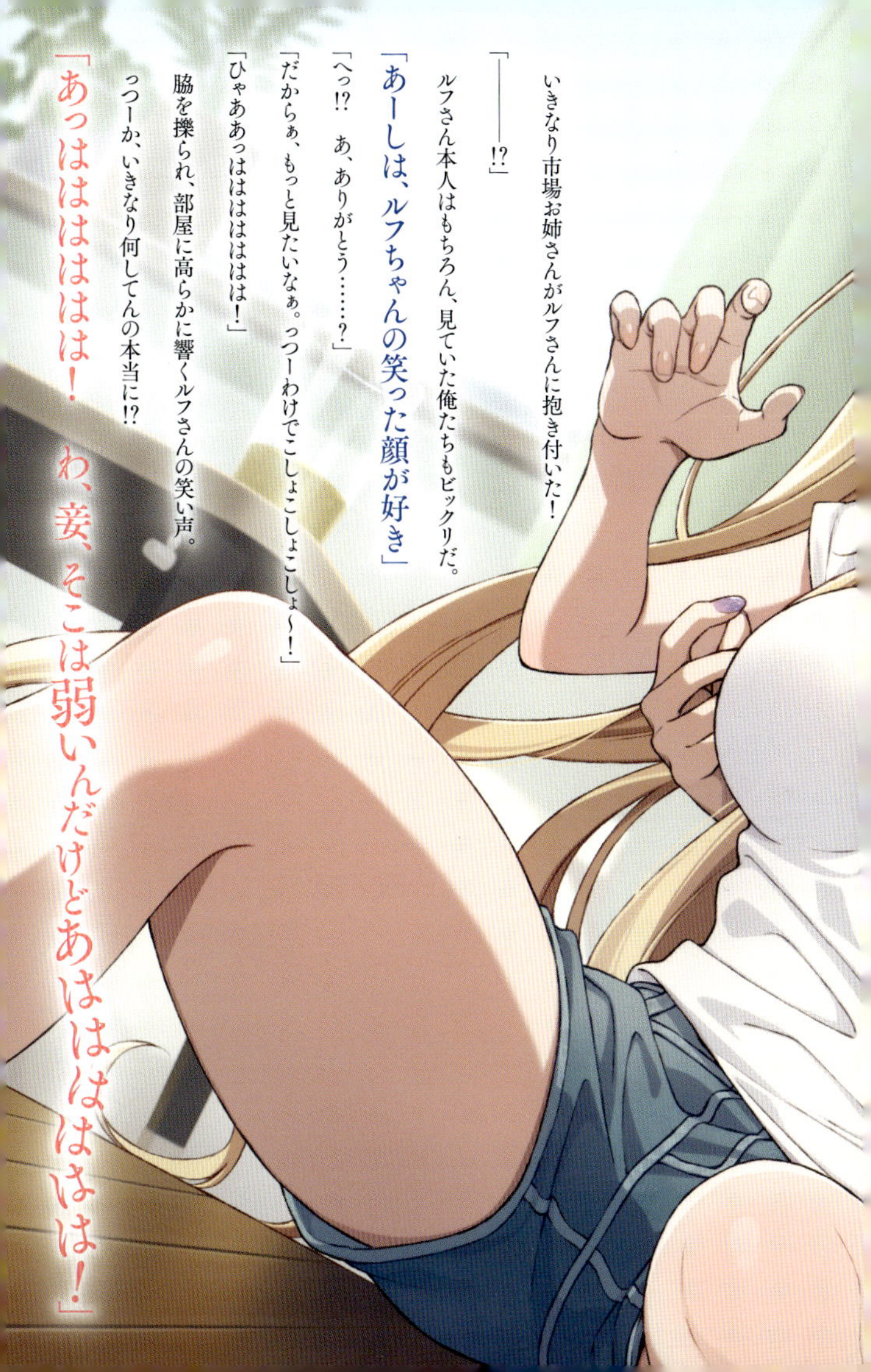

いきなり市場お姉さんがルフさんに抱き付いた！

「――――!?」

ルフさん本人はもちろん、見ていた俺たちもビックリだ。

「あーしは、ルフちゃんの笑った顔が好き」

「へっ!?　あ、ありがとう……？」

「だからぁ、もっと見たいなぁ。っつーわけでこしょこしょこしょ～！」

「ひゃあああっはははははは！」

脇を擽られ、部屋に高らかに響くルフさんの笑い声。

っつーか、いきなり何してんの本当に!?

「あっははははは！　わ、妾、そこは弱いんだけどあはははははは！」

ネロリー
ティトリーと同じくルフさんの身の回りの世話をする亜精霊。おとなしいが、静かに燃えるタイプ。料理が得意。
ティトリー
ルフさんの身の回りの世話をする亜精霊。見た目は小学生くらいだが、しっかりしたお姉さんタイプで、掃除が得意。

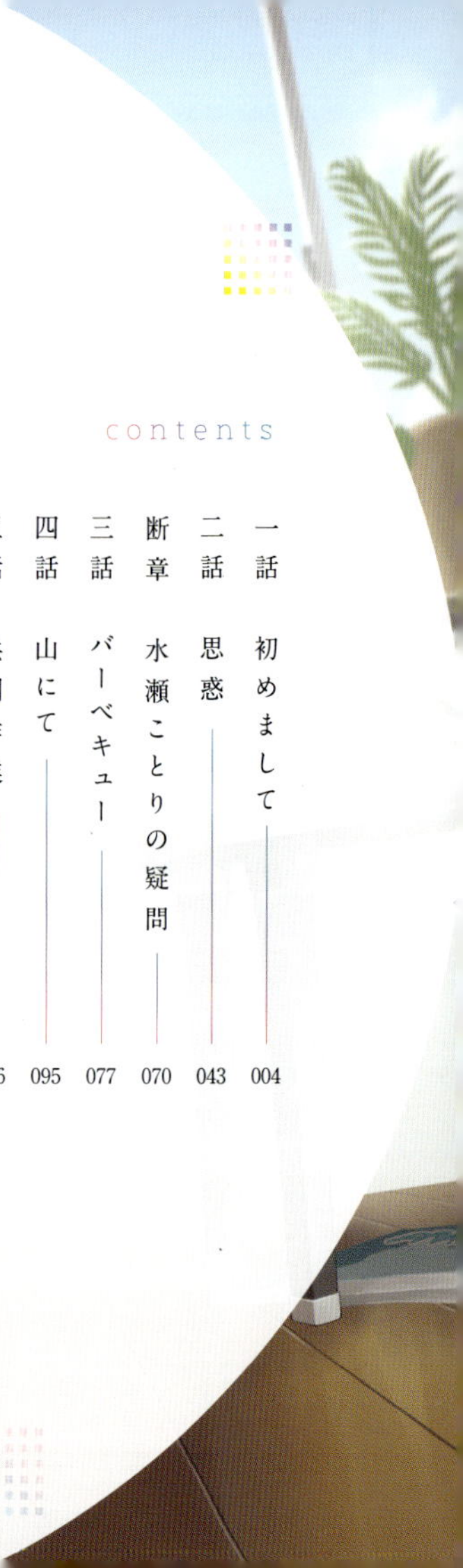

contents

The beautiful elf
neighbor is
too close to me

お隣の美人エルフの距離感が近すぎる件
～私とイイコトしませんか？～

福山陽士

ファンタジア文庫

3449

口絵・本文イラスト　昌未

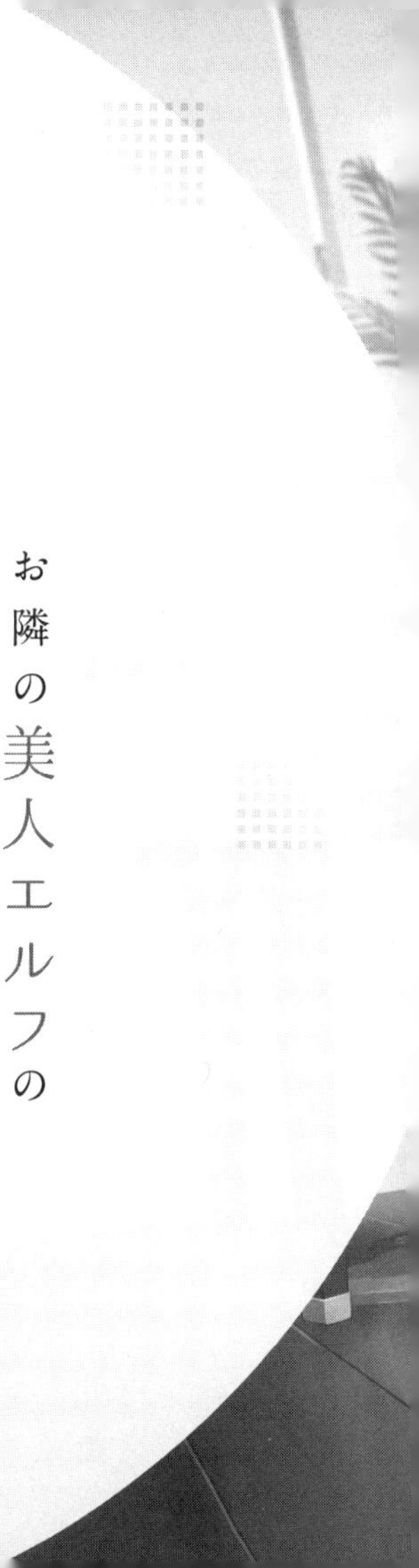

～私と
イイコト
しませんか？～

お隣の美人エルフの距離感が近すぎる件

The beautiful elf
neighbor is
too close to me

一話　初めまして

お隣さんがエルフだった――。
何を言っているのかわからないと思うが、俺もわけがわからない。

※　※　※

今俺が立っているのは、二階建てアパートの一階の、とある部屋の前。

新緑色のドアの前で深呼吸をして、俺は気持ちを落ち着ける。

俺の手の中には、綺麗《きれい》な包装紙に包まれた洗剤があった。その表面を指でなぞり、皺《しわ》や汚れがないことを確認。

これは近くのスーパーに母親と行った時、サービスカウンターでわざわざ包んでもらった洗剤だ。

何のために？

当然、人にあげるためだ。

今の時代、引っ越しをしてわざわざご近所に挨拶回りをするというのは、都会ではめっきり減ってしまった慣習らしい。が、ここは人口も少ない緑豊かな田舎町。

無用なトラブルを避けるためにも、せめて最初の印象くらいは良くしておきたい。

まあ生真面目な母親から「これからお世話になるんだから。ご近所の方にご挨拶に回っておきなさい」と強めに言われたので仕方なく……という面もある。

知らない人の部屋にいきなり訪問するなんて、正直に言うと俺には難易度が高すぎる。

本当はやりたくない。が、母親の言うことも一理あると納得してしまったので、これも人生経験の一つと思うことにした。

引っ越しを手伝ってくれた両親と引っ越し業者も帰って一段落したので、ひとまずお隣さんである一〇一号室から順に回っていくことにした——という経緯だ。

まだ昼を回った時間だが、日曜日なので在宅している人も多いだろう。

何回も訪問するのは面倒だから、こういうのはできるだけ一回で終わらせたい。

……多いと思いたい。

と考えたところで、俺は顔を上げる。

呼び鈴の上にあるプラスチックの表札には、サインペンで『森江《もりえ》』と書かれていた。

サインペンが太いせいで『森』の字がほぼ潰れているが、まぁ解読できる範囲だ。俺の名字も画数が多いので、太いペンで文字が潰れるのは非常によくわかる。

表札の潰れた字にちょっとだけ親近感を抱きつつ、慎重に呼び鈴を押す。

ピン、ポーン。

俺の部屋と同じ、電気のスイッチみたいな簡素な呼び鈴から指を離し、息を軽く吸って。

「あ、あの。隣に引っ越してきました渡良瀬《わたらせ》と申します。ご挨拶に伺いました」

カメラやマイクの付いているインターホンではないので、ひとまずドア越しに用件を告げる。

緊張と慣れない敬語を使ったせいか、いつもより細い声になってしまった。

待つこと数秒。反応なし。

留守なのかな、それとも聞こえなかったのだろうか——という不安が頭を過《よぎ》った、その時。

「…………はい」

ようやく、女の人の声が返ってきた。

声の感じからして若い人だろうか。非常にダルそうな声をしていたが。

部屋の中からゴソゴソと音がした後、足音が玄関に近付いてくる。

森江さんか。どんな人だろうか。

緊張で脈拍が上昇しきった直後、ガチャリと解錠の音がする。

やがて半分だけ開かれたドアから、スラリとした体形の女性が姿を現した。

胸のあたりまで伸びた柔らかそうな髪は、びっくりするほど明るくて綺麗な金色だ。こんな色の髪、スマホのゲームでしか見たことがない。

「────!?」

俺は驚きのあまり、咄嗟《とっさ》に女性から目を逸《そ》らしてしまった。

ヤンキーみたいな髪の色に驚いた──からではない。いや、それもちょっとびっくりしたけど。

ネグリジェと言うのだろうか？

森江さんは、非常に薄い服を身に纏《まと》って出てきたのだ……。

鎖骨から二の腕、指の先までを隠す布は一切なく、透明で白い肌が剝《む》き出し状態。

下着が見えそうなほど短いネグリジェの裾から伸びるのは、スラリとした長い脚。

う、うわぁ……。

年頃の女性が、こんな格好で堂々と人前に出てくるなんて……。羞恥心という概念をどこかに捨ててきたのだろうか？　これが俗に言う痴女というものか……。

それとも、世の女性は案外みんなこんなものなのだろうか？

だったら、大人になるって悲しいことなのかもしれない。恥じらいもなく見せられる素肌は、ありがたさが半減だ。そこはもう少し神秘性を維持してほしい。

いや、決して嬉《うれ》しくないことはないけれども。ええ、決して。

というか、いつの間にか見入ってしまっていた。ひとまずまた視線を逸らさねば……。

だが、露骨に顔をふいっと横に向けるのも失礼な気がする。かといって、このままジロジロ見続けるとセクハラになるかもしれないし……。

どこに視線を固定すれば良いのかわからなかったので、結局俺は改めて森江さんの顔をしっかりと見る羽目になってしまった。

「あ……」

そこで思わず声を洩《も》らしてしまう。

人の顔を見て息を呑《の》んだのは、生まれて初めてだった。

正直に言うと、さっきは体ばかりに目を奪われていたので気付かなかった。

凄《すご》く、整った顔をしていたのだ。芸能人かと思うほどに。

間違いなく美人だった。

声の印象の通り、やっぱり歳《とし》は俺より上らしい。いや、顔を見なくてもさっきの姿でわかったけど。

しかもカラコンでもしているのか、目も森のような緑色だ。

偏見だとはわかっているのだが、やはりここまで髪を明るく染めていてカラコンまでしちゃっているような人は、つい先月まで中学生だった俺の目にはちょっと怖く映ってしまうわけで。中学校にはヤンチャ系の人はいなかったし。

とはいえ、ここで逃げ出すわけにはいかない。仮にもお隣さんとの初邂逅《かいこう》なのである。

「え、ええと……こちら、つまらない物ですが……」

知ってはいたけど、自分の人生では初めて口にする挨拶をしながら、俺は用意していた洗剤を差し出す。

「あ……どうも」

非常にぎこちない笑顔で、森江さんは洗剤を受け取った。

互いにペコリと軽く会釈《えしゃく》。

その瞬間、森江さんの長い金髪がサラリと前に流れ――。

それを見た瞬間、俺はピシリと固まってしまった。


耳が、長い…………。

え、え？　ちょっと待って。何で耳、そんなに長いの？

しかも耳の先、めっちゃ尖《とが》ってない？　分度器で測れそうなほど角度ついちゃってない？

……いや、落ち着け俺。

世の中には色々な人がいるのだ。

鼻が高い人、目が大きい人、唇が厚い人、エトセトラ。

だからこんなに耳が長い人がいたって、別段おかしくは……。

…………。

い、いやいやいやいやいや!?　やっぱり異様に長いって！　いくら何でも長すぎだって！

これは『個性』で片付けられるようなものじゃないって！

あっ——!?

もしかしたらコスプレ的なもの!?

もの凄く特殊なイヤーカフを着けてるとか？　最近はド○キとか雑貨屋にもなりきりアイテムはいっぱいあるし。こんなに危なっかしい格好をしているのも、何かのコスプレを一人で楽しんでいたからとか——。

だがその時。

まるで図《はか》ったかのように一陣の風が吹き抜け、森江さんの髪が舞い上がる。

そして俺の予想を嘲笑《あざわら》うかの如《ごと》く、彼女の耳の先端だけがぴるぴるっと小さく動いた。

猫の耳に吐息を吹きかけた時のように。

ぴるぴるっと。耳の、先端だけ。

ぴるぴるっ。

ぴるぴるっ。

しばし、ぴるぴると動く耳を凝視する俺。

………見間違いじゃない、動いている。

動いているということは、やはりこの耳は本物？

え、マジで？　ＣＧとかでもなく？

いや、どこかのライブ会場みたいに凄い映像機器があるわけでもないのに、現実世界にＣＧ映像が顕現するってありえないだろ。ここはただの田舎のアパートだ。

自分の思考に自分でツッコんだ後、そこでようやく俺はハッと我に返る。

いくら何でも耳を凝視しすぎである。

初対面の人をジロジロと見てしまうなんて、やはり失礼すぎるだろう。というか、気持ち悪いと思われてしまったかもしれない。

しかしなぜか森江《もりえ》さんは、ちょっと恥ずかしそうに頬を赤らめてから、

「あ、も、森江です……」

自分の名字を口にした。

どうやら森江さんは俺の視線を「名を名乗れ」というふうに解釈したらしい。

いや、そういう意味の視線じゃなかったんだけど……。

とりあえず返事はしなければ。

「あ、はい。森江、さん……。これから、よろしくお願いします」

「こ、こちらこそ、よろしくお願いします……」

お互いにぎこちない挨拶を交わした後、森江さんはペコリと控えめにお辞儀をして、ドアを閉めてしまった。

「…………」

新緑色のドアの前で、俺はしばし立ち尽くす。

今の耳、ゲームや漫画で見たことがある。いわゆる『エルフ』だ。

しかし、ここは現代日本。異世界要素なんて微塵《みじん》もない、文明の利器溢《あふ》れる日本である。

……うん、そうだ。

こんな所にエルフなんているわけがない。

それにもう一度表札を見ろ。ちゃんと『森江』と日本の名字まであるじゃないか。自分でも名字を名乗ってたし。凄く普通に日本語を喋《しゃべ》ってたし。体の一部を見て幻想世界の住人だと思ってしまうなんて、森江さんに失礼だ。

耳が動いて見えたのは、きっと俺の幻覚だったのだ。ここ数日、引っ越し準備で忙しかったから寝不足気味だったもんな。うん、おそらくそうに違いない。

強引に気を取り直した俺は次の部屋に挨拶に行くべく、玄関に置いてある洗剤を取りに戻るのだった。

表札に『永島《ながしま》』と書かれている一〇三号室からは、いかにも温和そうな、白い頭のお婆《ばあ》さんが出てきた。

俺が洗剤を差し出すと、永島さんは快く受け取ってくれた。

「あらあらまああ。わざわざありがとうねえ。わからないことがあったら、遠慮なく聞いてちょうだいね」

良かった。とても良い人そうだ。特に目元が優しそうでホッとする。声も非常に柔らかい。まるで乾いたばかりの洗濯物に包まれているような、全身を纏う優しい雰囲気。

安心した瞬間、先ほどの森江さんの顔が脳内に浮かんだ。

さっきは無理やり納得したけれども……。やっぱりあの耳、動いたようにしか見えなかったんだよなぁ。

もしかしたらこの人なら教えてくれるかも……。

いや、でもいきなり他人の耳について聞くのはどうよ？

もう少しオブラートに包んだ言い方があれば――。

「あ、あの……。つかぬことをお伺いしますが」

「あら、早速？　何かしら？」

「その、一〇一の森江さんって、日本の方ですか……？」

だいぶ回りくどい聞き方になってしまったが、「人間ですか？」といきなり口にする勇気はなかった。さすがにそれは、頭がおかしい人だと思われてしまう可能性がある。

…………あ。

自分で口にしてようやく思ったけど、森江さんは外国人という可能性もあるじゃないか。

あの金髪と目の色。染めてカラコンをしているわけではなく、元々そうなのかもしれない。外国人だから、あんなに耳が尖っているのかもしれない。

表札が完全に日本の名字だから日本人だとばかり思っていたが、そうでない可能性もある。両親のどちらかが外国の人とか——。

　俺が脳内でそんなことを考えているとも知らず、永島さんは笑顔で答える。

「ああ。ルフさんね」

ルフさん。

およそ、白髪のお婆さんが口にするにはあまり似合わない名前が出てきた。

あのお姉さんの名前、ルフと言うのか……。

やっぱり外国の人なのか。

馴染《なじ》みのない響きの名前に、ちょっと衝撃を受けてしまった。

まあ、小一の頃同じクラスだった『すぱろう君』ほどのインパクトはなかったが、それに次ぐ衝撃を受けたのは確かだ。ちなみに『すぱろう君』は、親が某野球チームの大ファンだったからその名前になったらしい。

……ん、待てよ?

当時は野球に全然興味がなかったので気付かなかったが、その場合『すぱろう』じゃなくて『すわろう』になるのでは——と今頃思ったり。

ちなみに『すぱろう君』はその年の夏休みに転校してしまったので、その後の消息は不明である。

いや、今は『すぱろう君』のことはどうでもいい。実にどうでもいい。

二度と会えないであろう過去の同級生のことよりも、今はお隣のルフさんである。

永島さんは一〇一号室の方へ顔を向けつつ――。

「そうねえ。日本人ではないわね」

「あ、やっぱりそうなんですね」

「ふふっ。とてもべっぴんさんだったでしょう?」

「はぁ……」

歯切れの悪い返事になってしまった。

確かに凄《すご》く美人だったけど、ここでハッキリとそれを肯定してしまうと、「彼女に気がある」と変な勘違いをされてしまいそうだし。

いつの世も、年配の女性はその手の話題が好きなんだ。俺は知ってるぞ。だからテレビでもネットニュースでも、芸能人の熱愛報道がなくならないんだ。

ともかく、森江さんが純日本人でないことは確定した。それを知れただけでなぜか随分と心が楽になった。

「えと、ありがとうございました。これからよろしくお願いします」

「はい。こちらこそ」

俺は永島さんに礼を言ってから部屋に戻る。

玄関に置いてある洗剤は残り三個。

さあ、次は二階の部屋の人たちに挨拶を――。

そこで、俺はあることに気付く。

名字は森江。名前はルフ。

つまり、森江 ルフ。

森 エルフ……。

エルフ……。

…………………。

「やっぱりエルフじゃねえか⁉」

探偵が暗号を解読したかの如く、思わず叫んでしまっていた。

だって『江』の字の右側！ これ絶対狙ってるよな⁉ 完全に『エ』じゃん！ 繋《つな》げたら『エルフ』としか読めないじゃん！

もしかしたら偶然の産物かもしれないけど、あまりにもできすぎてるわ！ だってエルフって森に住んでるんだろ⁉ 映画で見たし！ 『森のくまさん』に匹敵する存在だろ、『森にエルフ』とか！

本人も当然、そのことには気付いているだろうし。むしろ気付いてない方がありえないレベルッ……！

何で俺は『外国人』ということで全てを納得してしまったのか。

冷静に考えたら、外国人でもあんな耳の人はいないいって。

そもそも永島さんは「日本人ではない」と言っただけで、外国人だとは言っていない。

彼女はエルフだ。間違いない。俺の中ではもう確定した。

しかし——。

森江さんが人間離れした耳を持っているというのに、永島さんのあの落ち着きようは何だったんだ？　そこが少し引っかかる。歳《とし》を取ると、それさえも些細《ささい》なこととして受け流せるのだろうか？

「…………………」

いや、考えるのはよそう。何を考えても、結局俺の想像でしかないし。

とにかく今はやるべきことをやらないと。

俺は二階の住人に挨拶をするべく、残りの洗剤を脇に抱えるのだった。

部屋に戻った俺は、ベッドに腰掛けて深い溜《た》め息《いき》を吐《つ》いた。

疲れた……。

やっぱり、こういうのって緊張するなぁ。

二〇一号室の人は留守で会えなかったが、二〇二号室と二〇三号室の住人にはちゃんと挨拶をすることができた。

ちなみに二〇二号室は、夜の仕事をしているっぽいお姉さん。

今から寝るところだったらしく、薄い寝間着に歯ブラシを咥《くわ》えた格好で出てきたのでかなり面食《めんく》らってしまった。

森江さんといい、女性は大人になると羞恥心が薄れていくのでは——という仮説が俺の中でムクムクと成長中。

できれば例外の二人が、たまたま同じアパートにいただけであってほしい。

一方、二〇三号室は二十代と思《おぼ》しき男女が住んでいた。

同棲《どうせい》しているのかな……とこれまた別の意味でドキドキしてしまった。１ＤＫなので確かに二人で住もうと思えばいけるけどさ。

さらに二人とも森江さんとは違う感じのカラフルな髪色で、いかにもヤンキーぽい外見と表情も相まってちょっと怖かった。

でも洗剤を渡すとお兄さんが大きな声でにこやかにお礼を言ってくれたので、正直印象は悪くない。

母親の言う通り、引っ越しの挨拶回りをやって良かった気がする。気が張って疲れたのは確かだけど、これで外で顔を合わせても気まずくはならないだろう。

留守だった二〇一号室は夕方にまた行ってみよう、と考えたその時。

ピン、ポーン。

簡素な呼び鈴の音が、俺の思考を強制遮断した。

誰だろう？　電気や水道、ガスなどのライフライン関係は親がいる時に一通り終わらせたし。もしかして早速新聞の勧誘でも来たのだろうか？　仮にそうでも、「未成年だから俺には決定権がないです」と言って回避するけど。

そろそろとドアに近付きつつ、耳に神経を集中させる。

今のところ名乗る気配はない。ちょっと怪しい……。

ピンポーン。

また鳴った。さっきより若干速めのテンポだ。

俺はおそるおそるドアスコープを覗《のぞ》き――。

「は――――？」

思わず声を出してしまった。

そこに立っていたのは、小学校高学年から中学生くらいの顔立ちをした、二人の女の子だった。

水色と桃色。あまりにも鮮やかな、日本人として——いや、人間としてありえない髪色をした、二人の女の子が。

「すみませーん」

澄んだ声で呼びかけられ、ハッと我に返る。

髪色にビビっている場合ではない。敵意はなさそうだし、とりあえず応答しなければ。

「はい」

返事とほぼ同時に俺はドアを開ける。

やはり見間違いなんかではなく、水色と桃色の髪だ。

森江《もりえ》さんの金髪に驚いてしまうほどの俺にとって、初めて目にする髪色の人は年下だろうが緊張する。

普通に考えると染めているか、もしくはウィッグなのだろう。

いや、でも待てよ……。

森江さんのあの長い耳を見た後なので、もしかしたらこの二人もエルフなのでは？　という考えが浮かぶ。

まあ人間だろうがエルフだろうが、片田舎出身の俺にとってはこの髪色が萎縮してしまうものなのは変わらないのだけど。

しかしこの二人、おそらく双子なのだろうと簡単に推測できるほどに顔がそっくりだ。

「あの、先ほどは洗剤をありがとうございました」

「私たち、ちょうど買い物に出ていて留守だったので、改めてご挨拶に伺いました」

「洗剤……」

それを聞いてすぐに察する俺。やっぱり森江さんの関係者だろう。他の部屋の住人は、彼女たちと関係があるようには見えないし。

咄嗟《とっさ》に二人の耳に視線を向ける。

二人ともボブカットの髪から、ほんのわずかだが耳の先端が覗いていた。

予想通りだ。耳の先が鋭い。

でも森江さんほど長いわけではなかった。髪を少しいじれば隠れてしまう程度。子どもだからだろうか？　言葉遣いも態度も、森江さんよりずっと大人びているけれど。

「はい。お気遣いありがとうございました。あ、申し遅れました。隣の一〇一号室に住んでいる森江です。私がティトリーでこっちがネロリーです」

水色の髪の子が言うと、桃色の髪の子が軽く頭を下げる。

ここまでくると、日本人の名前ではないことには驚きを感じなかった。

むしろこの見た目で「トシ子です」とか言われる方がビビる。

「姉妹なの？」

「はい。双子です」

いや、それは顔を見ればわかる。

俺が聞いたのはルフさんの妹なのか？　という意味なんだけど。

「渡良瀬《わたらせ》さん、でしたよね。これからよろしくお願いします」

改めて問い直す間は与えられなかった。二人揃《そろ》ってペコリと丁寧にお辞儀をされてしまったので、強制的に流れる『終わり』の空気感。

「こちらこそよろしく」

そしてその空気感を覆《くつがえ》してまで、改めて質問することができない俺。

二人は頭を上げると小さく微笑《ほほえ》んでから「それでは」と引き返していく。

ドアをそっと閉めた数秒後、隣の部屋からもドアが閉まる音が聞こえた。

本当にルフさんと一緒に住んでいるんだな……。どういう関係なんだろう。

エルフって血縁でも髪色は遺伝しないものなんだろうか――と考えた直後。

『どどどどどうだった⁉』

壁越しに聞こえてくる興奮したルフさんの声と。

すかさずそれを制する（たぶん）ティトリーちゃんの声。

『声が大きい‼』

「声が大きい……」

思わず俺も同じことを呟《つぶや》いてしまった。

いや、壁がそこまで厚くないせいかもしれないけど。木造アパートだし。

それはともかく、ルフさんのあの反応。

ひょっとして俺の第一印象、あまり良くなかったのだろうか……？

途端に俺の胸いっぱいにモヤモヤとしたものが広がる。

気になるけど、ティトリーちゃんに怒られたせいか、それ以上ルフさんの声は聞こえてこない。壁に耳を当てるわけにもいかないし、俺は無理やりそのことを意識の外へと追いやるのだった。


…………はっ。

目を開けて真っ先に飛び込んできたのは、至近距離にある色あせた畳。

どうやら俺は、あれから寝てしまっていたらしい。

確かに畳に寝転がった記憶はある。でも、そこから後の記憶が綺麗《きれい》に飛んでいた。

「いてて……」

首を押さえながらゆっくりと上体を起こす。

硬い場所で寝ていたせいか、体の節々がちょっと痛い。

特に気になるのは顔。じんじんとした感覚を覚えて指で左頬をなぞると、くっきりと畳の跡が付いているのがわかってしまった。

どれくらい寝ていたのかまるでわからない。慌てて床に直置きしていた目覚まし時計を見る。時計の針は十七時を少し過ぎたところだった。

結構寝てしまったみたいだな……。

今日は早起きして引っ越し作業の諸々《もろもろ》をやったから、自分で思う以上に疲れていたみたいだ。でも、おかげで頭はかなりスッキリしている。

あ、そうだ。二〇一号室の人は帰ってきているかな。

俺は立ち上がりながら窓の外を見る。

陽《ひ》が落ちる寸前の空は、少しずつ群青《ぐんじょう》色に染まりかけていた。

俺はトイレの横にある鏡の前に立つ。頬に付いた畳の跡は、既に薄くなりつつあった。

我ながら張りのある肌だ、とちょっとだけ自画自賛しつつ軽く顔を洗う。そして再び洗剤を手にした俺は、部屋を出て二〇一号室へ向かった。

二階へと上がる階段は少し怖い。鉄製の簡素な階段は、少しでも足を滑らすと手摺《てす》りの間から下に落ちてしまいそうだ。

その怖い外階段を上がってすぐの部屋。

他の部屋と違って、表札には何も書かれていない二〇一号室。

むしろ他の部屋が普通に名前を書いてあることの方が、俺には驚きだったわけだけど。

親や不動産会社の人と内見に来た時は、部屋の中のことしか頭になくてそこまで見ていなかったからなあ。田舎と都会のプライバシー意識の違いを思い知る。

ここの部屋の人は、そういうことを気にするタイプなのかもしれない。

小窓から室内の明かりが灯《とも》っているのがわかったので、ひとまず安堵《あんど》する。

良かった。帰ってきているみたいだ。

既におなじみとなった簡素な呼び鈴を押してから、改めて息を整えて――。

「はい」

俺が用件を告げる前にドアが開いたので、ちょっとビクッとなってしまった。

出てきたのは、ショートカットの髪の快活そうな女の子。

年齢は俺と同じくらいだろうか？　親と一緒に住んでいるのかな。

「今日一〇二に引っ越してきた渡良瀬です。こちらつまらない物ですがどうぞ」

さすがに五回目ともなると、この口上も慣れるものだな。

スラスラと言えた自分をちょっぴり誇らしげに思いながら洗剤を渡す。

「あ、水瀬《みずせ》です……。わざわざありがとうございます」

女の子は戸惑いながら洗剤を受け取る。

そのまま俺の全身に一通り視線を這《は》わせ、一拍置いた後——。

「あの……もしかしてだけど、森里々《もりり》学校の人ですか？」

「あ、はい。今年から入学です」

「やっぱり！　あの、私も入学するためにここに引っ越してきたんです！　三日前に！」

「そうなの⁉　…………あ」

驚きのあまりタメ口になってしまった。

でも彼女は笑いながら続ける。

「同い年みたいだし敬語使わなくていいよ。私、水瀬ことり。よろしくね渡良瀬くん」

「こっちこそよろしく。まさか、このアパートに同じ学校に通う予定の人がいるなんて思ってもいなかった」

「私も。自分以外にここで一人暮らしを始める人がいるなんて思ってなかったから驚いてる」

水瀬さんはそこで急に「あのさ……」と極めて小声になる。

「渡良瀬くんはもう会った？　一〇一の森江《もりえ》さん」

「うん。挨拶してきた」

「あの人めちゃくちゃ美人だけどさ、何というかその……」

水瀬さんは言いにくそうに一旦言葉を区切るが、すぐに決心したのか下げていた視線を俺へと向けた。

「人間じゃなくない？　一緒に住んでる子どもも」

いきなり直球でぶっ込んできた！

いや、でも当然の疑問だよな？

「やっぱりそう思う？」

気付けば俺も自然と小声になっていた。

「ていうか、あの耳の長さは異常でしょ……」

「だよね……」

時間が経《た》つにつれて「やっぱあれは見間違いか？」という考えがちょっとだけ頭の隅に浮かんではいたけれど、やはり目の錯覚などではなかった。

もっと自分の視力に自信を持とう。

「でもさ、このアパートの人たち何も言わないというか……普通に受け入れてる感じがするんだよね。駐車場で森江さんと隣のお姉さんがすれ違うのを見たんだけど、自然に挨拶して終わってた」

「俺もさっき一〇三の永島《ながしま》さんに『日本の方ですか？』って聞いてみたんだ。でも『日本人ではないわね』って答えで明言はされなかった」

「となると、やっぱり皆ルフさんのことは受け入れてるってことなのかな」

「そうかもしれないね……」

凄《すご》いな、ここの人たち。

だってエルフだぞ？　人間じゃないんだぞ？

それなのに未知の存在と普通に暮らしているなんて。

「それにしても、ルフさんたちはどうしてこんな田舎のアパートにいるんだろう」

「本当、どうしてだろうね。ていうかどこから来たんだろう？」

「…………」

しばし訪れる静寂の時間。

当たり前だが、俺たちが今ここで考えても何もわかるわけがない。

水瀬さんの表情も困惑の色に染まっている。

疑問をそのまま口に出してしまったことを、俺はちょっとだけ後悔してしまった。

「えーと……いきなり話は変わるけど、渡良瀬《わたらせ》くんはどうしてここに?」

空気に耐えかねたのか、水瀬さんが強引に話題を変えた。

俺としては助かったので、ありがたくそれに乗っかることにした。

「どうしても入りたい部活が森里々学校にしかなくて……。でも寮がある学校じゃないし、近い所にあるこのアパートにしたんだ」

「えっ、私も部活目当て! そうだったんだ。凄く親近感湧く〜!」

破顔する水瀬さんに俺もつられてしまう。同じく親近感湧きまくりだ。

部活のために地元を出て初めての一人暮らし——。

同じ境遇の人がこんな身近にいることの頼もしさと言ったらない。

「ちなみに私は吹奏楽部」

「レベル高いって話だもんね」

「渡良瀬くんは?」

この流れで俺の希望を聞いてくるのは普通だろう。

でも俺は、答えるのに十秒近く躊躇《ちゅうちょ》してしまった。

「し、自然工芸部……」

何とか絞り出した俺の返答に、水瀬さんは笑顔のままちょっと固まってしまった。

いやまあ、予想通りの反応ではあるけども。

もの凄～～くマイナーだし、知らない方が普通だよな。

「ごめん、初めて聞いた。どんなことをするの？」

「自然の物で彫像とか造ったり……。まあ、美術部の亜種みたいなものだと思ってもらえれば……」

「へえ～。そんな部活があったんだ。実は吹奏楽部の情報しか見てなくて、他にどんな部活があるのか全然知らないんだよね」

水瀬さんは自分の興味あることしか目に入らないタイプかもしれない。

かくいう俺も、他の部活の情報をほぼ見ていないので人のことは言えないわけだが。

そこでふと、水瀬さんが後ろを振り向く。

つられて俺もそちらに視線を送ると、わかりやすい位置に壁掛け時計があった。

「あ、ごめん。もっと話していたいけど、今日はこれから親が来るんだ」

「いや、俺も長居する気はなかったし。気にしないで」

「ありがとう。じゃあ、また学校で会ったらよろしくね」

水瀬さんはひらひらと手を振ってからドアを閉める。

引っ越したばかりで、いきなり学校の知り合いができてしまった。

友達……と呼ぶにはまだ早い気がするけど。見知らぬ土地でぼっち学校生活を送ることをちょっと覚悟していただけに、幸先《さいさき》の良いスタートだ。

高揚する気持ちで自然と口角が上がる。

アパートの二階から見える空は陽が落ちたばかり。なのに俺の心に呼応したかのような、明るいオレンジ色の残滓《ざんし》で染まっていたのだった。


窓の外の景色が薄闇色に包まれた頃。

冷蔵庫からペットボトルの麦茶を取り出した俺は、小さなテーブルの上にドンと置く。

白いご飯、ヨシ。

鶏《とり》の唐揚《からあ》げ、ヨシ。

味噌汁《みそしる》、ヨシ。

サラダ、ヨシ。

俺は既にテーブルに並んでいた料理を眺めながら、込み上げてくる小さな感動を噛《か》みしめていた。

目の前の料理に対してというより、初日から自炊をやり遂げた自分に対してだ。

とはいえ味噌汁はインスタントだし、鶏の唐揚げとサラダはスーパーの惣菜《そうざい》なんだけど。

洗剤を包んでもらったスーパーで、母親と一緒に食料も色々と購入していたのだ。

今まで食べ物はコンビニでしか買ったことがなかった俺にとって、スーパーでの買い物は実に新鮮な経験だった。

男子高校生一人でスーパーに入るのって、俺からするとかなりハードルが高い印象があったからな……。コンビニより広いし、どこに何があるのか探すのが大変だし、何より周囲が大人ばかりというのが緊張してしまう要因であったわけで。

でも一度経験したので、次からは問題なく入ることができそうだ。

『毎日コンビニ弁当だと食費がキツいことになるからね。最低でも白いご飯は自分で用意しておきなさい。そうすればおかずだけ買ってくればいいから。あんたはまだ自分で上手《うま》く料理できないだろうし、使えるもんは使っていきなさいよ』

——というのが母親の助言。なるほど……と頷《うなず》きつつ俺が今日のおかずに選んだのが、鶏の唐揚げだったというわけだ。

こうして振り返ると、俺がした作業はご飯を炊いたことと味噌汁用のお湯を沸かしたことだけだ。でもカップラーメン以外の用途でお湯を沸かしたことがなかったし、これまた新鮮な気持ちになったのも事実。

とにかく、俺の初めての一人暮らしの食事だ。

「いただきます」

手を合わせ、早速白いご飯を一口。

……炊飯器って凄いな。米を用意してスイッチを入れただけなのにこの美味《うま》さ。程良い水分でふっくらだ。

さて、それでは今日のメインの唐揚げを——と箸を伸ばしたその時。

ピンポーン。

本日二回目の呼び鈴の音が鳴った。

こんな時間に誰だろう？

すぐに席を立ち、すかさず玄関へ。そしてドアスコープを覗《のぞ》こうとした瞬間。

「こ、こんばんは。と、隣の森江です……」

ちょっとおどおどした、それでいて澄んでいて聞き取りやすい声が外から聞こえてきた。

ルフさん⁉　一体俺に何の用が？

挨拶はとっくに終わっているし、まったく心当たりがない。

ガチャリとドアを開けた先には、さっきと違ってちゃんと服を着た（Tシャツと短パンだけど）ルフさんが一人で立っていた。

俺はこっそりともう一度彼女の耳を確認する。

うん……。

やっぱりどう見てもめっちゃ耳長いです。ありがとうございました。

そんなエルフ耳を持つルフさんは、ラップがかけられた白いお皿を持っている。

「実は、お、おかずを作りすぎてしまって。肉じゃがなんですが、嫌いでなかったら貰《もら》ってくれませんか……？」

モジモジしながら上目遣いで俺を見てくるルフさん。

「――――⁉」

こ、これはっ……⁉　漫画で見たことがあるぞ。

『お隣さんに余った料理をお裾分けイベント』じゃん！

え、びっくりした。本当にあることなんだコレ⁉

しかも持ってきたのがエルフ！　なのに肉じゃが！　めっちゃ日本の味！

いや、ここでファンタジー感溢《あふ》れる謎の料理を持ってこられたら、それはそれでとても困るのだけど。

うーん、益々《ますます》ルフさんの存在が謎になってきたな……。

「あ……。もしかして肉じゃが嫌いですか？」

俺が即答しなかったせいか、ルフさんの細い眉が露骨に下がってしまった。

まずい。誤解されてる。

「す、すみません！　違うんです！　こんなこと初めてなので驚いてしまって。ありがたく頂きます！」

俺が勢いよく答えると、ルフさんはホッと安心したように小さく息を吐いてから、持っていたお皿を俺に渡してきた。

皿の底は持てる程度にはほかほかで、できあがってから間もないことを暗に告げている。ラップ越しに見える肉じゃがはとても美味《おい》しそうに見えた。

「本当にありがとうございます」

「こちらこそ、さっきは洗剤をありがとうございました」

「お皿、洗ってから返しますね」

「い、いえ。こっちが無理やり押し付けたわけですし。そこまでしなくても大丈夫ですよ。それに、お皿を洗うのは妾《わらわ》じゃないので」

「――――ッ⁉」

妾⁉

思わず大声で復唱してしまうところだったが、既《すんで》のところで何とか堪《こら》えた。

いや、妾って。

現実でこんな一人称を使う人、当然だけど初めて会ったんだけど⁉

ていうか『妾』という言葉、時代も場所も使うところ間違ってない？　どこかの国の城じゃなくて、ここはただの片田舎のアパートですよ⁉

やっぱりルフさん、現代日本の常識とはちょっと違う感覚を持っていそうだな……。

その割には『お隣さんお裾分けイベント』はやってくるし、持ってきたのは肉じゃがだし、よくわからん。

あと、特に知りたくもなかった新情報。彼女は自分で皿を洗わないらしい。

つまりルフさんは、エルフの偉い人ってことなのか？

ティトリーちゃんとネロリーちゃんは彼女のお世話係的な存在とか？

「で、ではまた後ほど、お皿を取りに伺いますね」

「あ、はい」

何も聞けないまま、ルフさんは自分の部屋に戻ってしまった。

ほかほかの肉じゃがと共に一人玄関で佇《たたず》む俺。

「……とりあえず食べるか」

想像の斜め上から矢継ぎ早にぶつけられた情報に、頭の中がパンクしそうだ。

心の平穏を保つため『おかずが一品増えた』以外の情報を強制排除した俺は、再び食卓へと戻るのだった。


感想。肉じゃがめっちゃ美味《うま》かった……。

母親が作ってくれていたものとは当然ちょっと違ったけど、ルフさんから貰った肉じゃがもなぜか懐《なつ》かしい味がした。

おかしいな……。俺はエルフの親を持った覚えはないんだけど。

食べた瞬間、見たことのない第二の実家が脳内に広がって自分でもびっくりしたわ。

ちなみに森の中にあるお洒落《しゃれ》なカフェみたいな場所で、窓の外には可愛《かわい》いリスが二匹ちょろちょろと走り回っていた。あまりにも鮮明に浮かんだ自分の想像力がちょっと怖い。

そんなこんなで惣菜を含めた晩ご飯を完食した俺は、早速流し台に食器を運ぶ。

と、まるでそのタイミングを見計らったかのように呼び鈴が鳴り、「わ、渡良瀬《わたらせ》さん」とルフさんの声がドアの外から聞こえた。

え、本当にお皿を取りに来た。どうしよう。

素早く洗って返そうと思っていたのに、なんだか申し訳ないな。汚れたままの皿を持った俺は、気まずさを感じながらも対応するべく移動する。

「ど、どうでした？　あの、気を遣わず正直に言ってもらえると助かります……」

ドアを開けるなり食い気味に聞いてくるルフさん。どうやらかなり気になっていたらしい。

「お世辞抜きでとっても美味しかったです。ごちそうさまでした！」

正直に告げると、ルフさんの顔が途端にぱあっと明るくなった。

「よ、良かった……！」

ルフさんは満面の笑みで俺からお皿を受け取る。

「本当にありがとうございました」

「い、いえ。作りすぎて困っていたのでこちらこそ助かったんです。ありがとうございました」

そしてぺこりとお辞儀をした後、長い髪を靡《なび》かせて自分の部屋に戻っていった。

ルフさんたちがどれだけ肉じゃがを作りすぎてしまったのかは知る由《よし》もないが、おかげでお腹《なか》いっぱいになったので俺としては大満足だ。

よし。あとは食器を洗ってから風呂《ふろ》に入ろう――と次の行動を頭の中で決めた直後。

『うっひょおおおおお！』

壁越しに突然聞こえた奇声に、思わず肩がビクッとなってしまった。

ど、どうした⁉　何があった⁉　大丈夫か⁉

『もう！　だから声が大きいって！　近所迷惑だって！』

続けて聞こえてきたのはやっぱりティトリーちゃんの声。

ちょっと呆《あき》れた声に聞こえたのは、たぶん気のせいじゃない。

ひとまず、何か問題が起こったわけではなさそうだが……。

もしかしてルフさんは普段こんな鳴き声（？）を発するのが当たり前なのだろうか。

……わからん。

ルフさんのことに関しては現時点でわからんことが多すぎる。

まあ、これから少しずつわかるだろうし今考えるのはやめよう。正直に言うと、ちょっと頭を使うことに疲れたってのもある……。

今は何も考えず風呂に浸《つ》かってゆっくりしたい。いや、ゆっくりしよう。

そんなこんなで、俺の少し普通ではない引っ越し初日の夜は更《ふ》けていくのだった。

二話　思惑

入学式も無事に終わり、いよいよ本格的に高校生活が始まった今日。

俺は教室の隅で横から朝日を浴びながら、クラス全体をボーッと眺めていた。

出席番号が五十音順なので、小学生の時から名字が『渡良瀬』の俺は常にクラスの中で最後尾。

新年度に教室の端から見る風景は、年齢を重ねてもあまり変わらない。

とはいえ、今までと違うのはここが俺の地元ではないということ。

やはり田舎の高校ゆえに地元の人の割合が多いらしく、教室の中は既に顔見知りの人たちでグループができている状態だ。正直、疎外感がないと言えば嘘《うそ》になる。

「渡良瀬くん」

そんな教室の端っこに一人でいる俺に話しかけてきたのは、見知った顔だった。

「水瀬《みずせ》さん」

「同じクラスになれて良かった～。これからよろしくね！」

人懐《ひとなつ》こい笑顔に、俺もつられて笑顔になる。

そう。俺と水瀬さんは晴れてクラスメイトになれたのだ。

知り合いが全然いない中、ご近所さんがクラスにいるというのはかなり心強い。

しかし、水瀬さんの隣には見知らぬ一人の女の子が。

水瀬さんよりちょっとだけ背が低く、ロングストレートの髪の彼女は、なぜか俺をジト目で見てくる。正直に言うと少し怖い。

「えっと……」

「あ、彼女は隣のクラスの早崎羽椰世《はやさきはやせ》ちゃん。小学校の時からの親友なんだ」

「そうなんだ。渡良瀬です。よろしく」

「…………よろしく」

めちゃくちゃ声小さいな⁉

しかも相変わらず俺のことはジト目で見つめたままだし。何なんだ一体。

と、ここで俺はとある疑問を抱く。

「あれ？　水瀬さんも最近引っ越してきたんだよね？　でも小学生の時からの親友って――？　早崎さんとは高校でたまたま再会できたの？」

俺が聞くと、水瀬さんは「あ、まだ言ってなかったね」と呟《つぶや》いてから続ける。

「実は私、中学の時に引っ越しするまではこっちにいたんだ。羽椰世ちゃんとは引っ越してからもずっとやり取りしてたの。そして高校の話になった時に私が『森里々《もりり》学校に行きたい』って言ったら、羽椰世ちゃんが親に掛け合ってアパートを紹介してくれたんだよ」

「アパートを紹介……？」

「うん。羽椰世ちゃんの親は不動産をやってるから、アパートやマンションをいっぱい所有してるんだって」

「そうなの⁉　凄《すご》いな！」

まさかのオーナーの娘だった！

俺の反応に早崎さんはニヤリと笑い、水瀬さんの腕にひしっと抱きつく。

「私たち、ずっと昔からの知り合いだから……。たまたま同じクラスになって同じアパートに住むことになったあなたよりも、私の方がことりちゃんのことずっっっっっと知ってるから……」

早崎さんは相変わらず小さな声で、でもちょっとドスの利《き》いた声でいきなり俺を牽制《けんせい》してきた。

「あ、うん……」

いや怖。発言に粘着性を感じるんですけど。

初対面でいきなりそんなことを言われたら、さすがに俺も引いてしまうわ。

早崎さん、水瀬さんのことが本当に好きみたい……というか、むしろヤンデレのオーラを感じる。

心配しなくても俺は別に水瀬さんを取るつもりはないから……と念じてみたけど、残念ながら早崎さんに伝わったようには見えない。むしろこっちを見る目の鋭さが増した気がする。もう念じるのはやめておこう。

しかし、あのアパートの所有者の娘なのか。

ということは、ルフさんを入居させた経緯も早崎さんなら知っている可能性が高いよな？

とても気になる……。

が、早崎さんの雰囲気がとてもじゃないが気軽に質問できる感じではない。

ずっと水瀬さんの腕に引っ付いてるし、やっぱり俺のことジト目で見てるし……。

と、早崎さんとの接し方に悩んでいたらチャイムが鳴ってしまった。

「それじゃあ」

水瀬さんは早崎さんの態度に特に触れることもなく、俺に笑顔で手を振ってから自分の席に戻っていく。クラスが違う早崎さんは、非常に名残惜しそうな顔をしてから教室から出て行った。

うーん……。水瀬さん、早崎さんの態度に慣れているというより、重すぎる感情に気付いていない可能性が高い気がする。

水瀬さんが俺に笑顔を向けた後、早崎さんの表情がめっちゃ歪《ゆが》んでた（怖かった）のも気付いていないっぽいし。

とりあえず、早崎さんがいる時は水瀬さんとの会話はちょっと気をつけようと決意した俺だった。


今日の授業を全て終えた放課後。

帰る準備をしていた俺に、水瀬さんがトコトコと近寄ってきた。

「渡良瀬くん、一緒に帰ろ」

その言葉で、何人かのクラスメイトが一斉に俺たちの方に振り向く。

まあ、いきなり異性に一緒に帰ろうと誘ったら、普通は気になるよな。

皆の視線から「どういう関係？」という無言の圧を感じる。

気持ちはわかるけど、いざ自分が注目される側になるとやっぱりかなり照れくさい。

とはいえ水瀬さんとはそういう関係じゃないし、やましい要素は何もないから堂々とすれば良いんだろうけど。

水瀬さんはそんなクラスメイト達からの視線にはまったく気付いていない様子で、笑顔で言葉を続けた。

「同じ家だし」

「「「――――!?」」」

その発言で、俺たちに注目していなかった残りのクラスメイトたちまで異様な速度で振り返る。

既に注目していた人たちは、さらに興味津々《きょうみしんしん》に俺たちをガン見しだした。

「その言い方は誤解を生むから!?」

思わず俺も強めにツッコんでしまった。

高校生活初日からとんでもない誤解をされるのは、さすがに勘弁してほしい！

「あ、そうか。この辺は一軒家が多いもんね。みんな～。私ら同じアパートってだけだよー」

明るくあっけらかんと言い放つ水瀬さんに、クラスメイトたちは「なぁんだ」と露骨に顔に出して早くも解散の雰囲気。

な、なるほど……。

ここまで堂々とすると、逆に変な誤解はされないのか。水瀬さんの性格も大きな一因になっていそうではあるけども。

とはいえ何人かはまだ「絶対何かあるでしょ？」と言いたげな目をこちらに向けていた。

まぁ水瀬さんが終始この調子なら、そのうち誤解は解けるだろうと楽観的に考える。

しかしこのやり取りを早崎さんに見られなくて良かった——と思った直後。

ぞくりと全身に走る悪寒《おかん》。

殺気なんてわかりたくもないのに、こういうものなのだとわかってしまった。

いやいやいや待て待て待て。

俺は平凡な暮らしをしているただの高校生だぞ？　闇の組織に所属しているとか特殊な能力とか持っているわけでもないのに、何でこんな殺気を向けられなきゃならないんだ⁉

その殺気の出所は探すまでもなかった。

教室の出入り口の隙間から、恨めしそうにこっちを見つめている早崎さんを見つけてしまったのだ。

（ひっ——⁉）

思わず俺は頭の中で悲鳴を上げてしまう。

その瞳、形相、まさに鬼神の如《ごと》し。もし俺が下級の妖怪だったら圧で消滅していたかもしれない。

早崎さんは俺と目が合うと、さらに眉間に深く皺《しわ》を刻み睨《にら》んでくるのだった。

当然というか何というか、結局早崎さんを加えた三人で帰ることになってしまった。ちなみに早崎さんの家は、俺たちのアパートからそう遠くない場所にあるらしい。

一応三人並んで帰ってはいるものの、会話をしているのは二人だけで俺は完全におまけ状態。でも帰る家が同じなので、一人で帰るとも言えない。

しかし早崎さん、あのぼそぼそした喋《しゃべ》りが嘘のように、水瀬さんと話す時だけは声がとても弾んでいる。

今は水瀬さんの引っ越し当日のことを話題にしていて、俺も横で黙ったまま聞いていたのだけど——。

「あ、そうそう。羽椰世ちゃんは、うちのアパートに住んでいる森江《もりえ》さんて知ってる?」

突然、水瀬さんが思い出したように話題を変えた。

俺に代わって早崎さんにそれを質問してくれるのは、正直とても助かる。

その後の言葉を聞き逃さないよう、俺はより耳に意識を集中させた。

「知ってるよ」

「あの人ってさ、その……いつから住んでるの？」

「おじいちゃんが経営してた頃には、既に三人一緒に住んでいたみたい」

つまり、今はお父さんが経営を引き継いでいるってことなのかな、と勝手に早崎さん家《ち》の事情を推測する。

と同時に、ティトリーちゃんとネロリーちゃんも、やはりルフさんと同時期に住み始めたという認識で良さそうだ。やっぱりあの三人は姉妹なのかな？

「それってどれくらい前？」

「私が生まれる前からいたって聞いてるよ」

「「そんな前から!?」」

思わず声を上げる水瀬《みずせ》さんと俺。

意図せずハモってしまったわけだが、早崎さんは俺の方をチラ見しただけで続ける。

「うん。三人とも見た目かなり若いよね」

いや、そういう問題ではない気がするんだけど……。

ルフさんはまぁ、ギリギリ『見た目が若い』の言葉で済むかもしれない。

でもティトリーちゃんとネロリーちゃんは、どう見ても俺たちより年下だ。なのに俺たちが生まれる前からいるらしい。

「………」

思わず顔を見合わせる俺と水瀬さん。

水瀬さんも驚いているということは、彼女もあの水色と桃色の髪の少女を知っているということだろう。

「見た目が若いとか、そういうレベルを超えている気がするけど……」

水瀬さんの呟《つぶや》きに俺はホッとする。

やはり持つべきものは、同じ感覚を共有できる人間だ。

「まあ……羽椰世《はやせ》ちゃんが言うんだから、そういうものなんだろうね！」

にこやかに、やたら元気良く水瀬さんは言った。

前言撤回。水瀬さんの感覚も俺と違う！

なんてこった。せっかく理解者を得られたと思ったのに……!?

いや……。もしかしたらまだ間に合うかも？

「水瀬さん。本当にそう思う？」

一縷《いちる》の望みを賭け、俺は早崎さんに聞こえないよう小声で水瀬さんに問いかける。

「うん？　まぁ、羽椰世ちゃんがあぁ言ったから。何せ羽椰世ちゃんは昔からとっても凄いからね！」

論理が飛躍しているっ⁉

大丈夫？　ちょっと洗脳されてないこれ？　なぜそこまで早崎さんに絶対の信頼を置いているんだ。そもそも彼女の何が凄《すご》いんだ⁉

とはいえ、そこまでハッキリと言い切られると俺の出る幕はもうないわけで。

それに、これ以上何か言うと早崎さんに気付かれてしまうだろう。

非常にモヤモヤするが、俺は諦めるしかなかった。

「それでさ、ことりちゃん。明日のことなんだけど……」

そんな俺の内心など知る由《よし》もなく、早崎さんは水瀬さんの腕にギュッと抱き付きながら続ける。

チラッと俺の方を見たのは当てつけのつもりなのか。

俺としてはもう好きにしてくれ……という感想しかないんだけど。

「え、なになに？」

「うん。あのね——」

二人はその後もお喋りに花を咲かせて——。

俺はその間に割り入ることなく、帰路に就いたのだった。

春の早朝の空気は美味《うま》い。少しだけひんやりしているけれど、真冬のような鋭さはなくて。柔らかい冷たさが肌だけでなく、喉にも潤いを与えてくれる。特にここらは田舎なので、余計そう感じるのかもしれないけれど。

なぜ今俺が早起きしたのかというと、ゴミを捨てるためだ。

ここら一帯はゴミを捨てる場所が決まっているらしく、アパートにゴミ捨て場がない。少し離れた収集所（ゴミステーションと言うらしい）まで、一袋にまとめたゴミを持って移動を始めたばかりだった。

引っ越した時にゴミ分別の仕方が書かれた自治体の紙を貰《もら》ったが、それと同時にゴミ収集所の場所が描かれた、Ａ４プリントも挟まっていた。

ただ、地図で見ただけでまだその場所には行ったことがない。そういうわけで場所確認も兼ね、少し早めに起きたというわけだ。

アパートからそこまで離れているわけじゃないし、さすがに迷子にはならないだろうが――念には念を入れたいタイプの俺。これで本当に迷子になって学校に遅れることがあったら、入学したばかりなのに印象が悪くなりそうで嫌だし。

ゴミを持ったまま脳内の地図に従いゆっくりと歩いていると、前方からとても目立つ金髪の人が歩いてくるのが見えた。

……絶対にルフさんじゃん、アレ。耳も長いから間違えようがないわ。

ルフさんも俺の存在に気付いたらしく、早足でこちらに近寄ってきた。

「おはようございます！　渡良瀬《わたらせ》さん」

「…………」

挨拶はしたものの、その後が続かない。俺は対エルフとの世間話のネタなんて持ってないし……。

「こ、この辺にはもう慣れましたか？」

うあ。とても気を遣われているのがわかる……。何か申し訳ない。

「まだ慣れたってほどではないですが、今のところとても過ごしやすいです」

正直、学校もまだ数日しか通ってないし、この近辺の散策もできてないんだよな。ただ、治安が良い方なのだろうなというのは数日で実感した。実家周辺とは違い、夜がとても静かだ。

「そうですか。良かった……」

俺の返答にホッとした表情を見せるルフさん。もしかしなくても、一人暮らしの俺を気にしてくれていたのだろうか？　だとしたら、ちょっと気恥ずかしいけど嬉《うれ》しい。

「ところで、ゴミ捨て場ってこの近くですよね？　実は俺、ゴミを捨てに行くのが初めてで」

「そうだったんですか。そこの角を曲がったらすぐ見えますよ！」

「あ、良かった。ありがとうございます」

ルフさんの返答に安堵《あんど》する俺。地図では見てたけど、やっぱり少し不安だったもん。

「今日はたまたま早起きしたからゴミ捨てに出てきたんですけど……。えへへ。渡良瀬さんに会えるなんて早起きして良かったです。三文の徳ってやつですね」

はにかみながら言うルフさんだったが、正直に言うと最後の台詞《せりふ》が気になってそれ以外が頭に入ってこなかった。

日本の諺《ことわざ》を理解しているエルフ……。マジで何者なんだこの人。

「それじゃあ、また」

「あ、はい。ありがとうございました」

ペコリと軽く会釈《えしゃく》をしてから去って行くルフさんに、再度お礼を告げる俺。

ほんの僅かな邂逅《かいこう》だったが、彼女との親密度が少しだけ上がった気がして、悪い気はしなかった俺だった。

土曜日の朝。

学校がある日と違っていつもより長く寝ていられるので、存分に布団《ふとん》の温《ぬく》もりを堪能《たんのう》する俺。

日中はそこそこ暖かくなってきたが、夜や早朝はまだちょっと冷える。このぬくぬくから出るのは名残惜しい。

とはいえ、既に時計は十時を回っている。

さすがにお腹《なか》も減ってきたし、そろそろ起きるか。

この時間だと朝食と昼食が一緒になってしまいそうだけど。それか、昼食の時間を少し遅らせようか。

と、これからの食事のことを考えていた時だった。

突然呼び鈴が鳴り、俺は反射的にガバッと布団から身を起こす。そしてスウェット姿のまま玄関に直行した。

「はい……」

寝起きの第一声だったので声が掠《かす》れてしまい、ちょっと気恥ずかしくなる。

俺の誤魔化しの咳払《せきばら》いと、外から「森江です」というルフさんの声が意図せず重なった。

ルフさん⁉

朝から何だ？

「あ、あの。回覧板を持ってきました」

回覧板……。

実家にいた時は専ら母親が受け渡しをしていたので、よもや自分にそれが回ってくる可能性を考えたことがなかった。

静かにドアを開けると、やはり金髪のルフさんがそこに立っていた。

今日も彼女の耳は長い。いや、日によって長さが変わったらそれはそれでかなり怖いんだけど。

「どうも」

軽く言ってから、複数のプリントが挟まった白いファイルをルフさんから受け取る。これで用事は終わりなはずだが――ルフさんが立ち去る様子はない。

それどころか、両手を胸の前で組んでモジモジとしている。

「あ、あの。渡良瀬さん」

「はい」

「い、一緒に『イイコト』しませんか？」

「………はい？」

その瞬間、寝起きの俺の頭が超高速で働きだした。

『イイコト』って……何？

たとえばゴミ拾いとか？　とても良いことだな。でもわざわざ人を誘ってすることか？

人助け？　重たい物を運ぶのに苦労しているお年寄りに手を差し伸べたりとか。

いや、見かけたら声をかけるかもしれんが、普通わざわざ探しに行ってやるか？

となると――もしかしてそっち系の意味？

ルフさんの今日の格好は、Ｔシャツに短パン姿と至って普通だ。

……普通なのだが、Ｔシャツに描かれたゆるい猫のイラストが、胸の形に引っ張られて横に伸びている状態。

挨拶の時のネグリジェ姿をいきなり思い出してしまい、瞬時に顔が熱くなる。

エルフに巨乳のイメージはなかったのだけど、ルフさんって結構大きいよな……って、こんなこと考えたらダメだダメだ！

目のやり場に困り、咄嗟《とっさ》に視線を横に逸《そ》らす俺。

というか、『イイコト』の内容がわからないと返事も何もできないじゃないか。

俺の無言の時間が長かったせいか、ルフさんの方からしょんぼりした雰囲気が漂ってきた。非常に気まずい。しかし、ルフさんが諦めて帰る様子もない。

これは一体、どうしたら……。

「わ、渡良瀬さんは、ゲームは好きですか？」

俺が悩んでいると、唐突にルフさんが口を開いた。

正直、この空気を壊してくれたことはありがたいのだけど……。発言の内容、いきなり風向きが変わったな？

「まぁ、それなりに好きです」

俺が答えた瞬間、ルフさんの顔が目に見えてぱあっと明るくなった。

「よ、良かったらうちに来て遊びませんか⁉　その、うちにたくさんゲームがあるので！」

「へ………………？」

唐突な質問の後に唐突なお誘い。さすがに俺は目を点にせざるをえない。

ていうか、学校帰りにこんな声をかけられたら真っ先に通報するタイプのやつじゃん。口上が不審者と同じじゃん！

「たくさんあるので！」

そこ、主張したい部分なんだな……。

ここまで熱心に誘ってもらっているのに、断るのはさすがに気が引ける。

というか、気になっていたルフさんの暮らしがいきなりわかるチャンス到来だ。むしろ断る理由がないな、うん。

「わかりました。それじゃあ、着替えてからお邪魔します……」

俺の返答に、ルフさんは「是非！」と頬を染めて元気良く言う。

声かけが不審者のそれなのに、今の態度は小学生女児を彷彿《ほうふつ》とさせる無邪気なものだったので、俺の脳はしばらく混乱する羽目に。

そもそも『イイコト』がゲームのことだったなら、最初からそう言ってほしかった。

無駄に想像して疲労しちゃったじゃないか。

ルフさんは俺の心情など知る由《よし》もなく、上機嫌で自分の部屋に戻っていくのだった。

高速で着替え、高速で食パンを胃に流し込み、高速で一〇三号室の永島《ながしま》さんに回覧板を渡しに行った俺。

ちなみに回覧板には、近々近所の道路で水道管の工事をするから交通規制をすることと、オレオレ詐欺の被害が増えているから気を付けるように、という交番からのプリントが挟まっていた。

俺は改めて一〇一号室、ルフさんの部屋の前に立つ。

訪れるのは引っ越し初日以来だ。しかも今日は中に入る——。

ごくりと喉を鳴らしていざ呼び鈴を鳴らすと、返事の前に「いらっしゃい！」と凄《すご》い勢いでドアが開いた。

びっくりした！　ていうか開けるの早！

当たり前だがドアを開けたのはルフさん。

そしてその脇には、ティトリーちゃんとネロリーちゃんも控えていた。

二人を見るのも初日以来だが、やはり派手な髪色だ。

「さ、どうぞどうぞ！」

「本当に呼んで来たんですね……」

「渡良瀬さん、少しの間ですが相手になってやってください」

熱烈歓迎モードのルフさんの横で、二人は落ち着いた口調で俺に告げる。というか、やや呆《あき》れているように見えるのはたぶん気のせいではない。

どちらが年上なのかわからないなコレ。

「お邪魔します」

早速靴を脱いで玄関から上がる。

アパートなので間取りは俺の部屋と同じはずなのに、そこには俺の部屋とは全然違う空間が広がっていた。

玄関のドアを開けるとすぐキッチンなのだが、まず目に飛び込んで来たのは、シンク上部のスペースにビッシリと並べられた鉢植え。

玄関横にも観葉植物があるし、風呂《ふろ》やトイレのドアにも蔦《つた》が張っているし、とにかく部屋の中が植物だらけなのだ。

やけに青々しい匂いに包まれながら、恐る恐る一歩ずつ足を踏み出す。

「ご主人様は植物に目がないんです」

「ご主人様」

ネロリーちゃんが説明してくれるが、俺はその前の単語の方を思わず復唱してしまった。

てっきり姉妹かと思っていたのに、まさかの主従関係だった⁉

そんな俺の呟《つぶや》きはまるでなかったかのように、何も反応しない三人。

無視しないで？　それとも、三人にとっては当たり前すぎて今さらどうでも良いことなのか？

思い返せば、ルフさんの一人称は『妾《わらわ》』だった。やっぱりそういうことなのか。

「ここです！　座って！」

続けて六畳の部屋に案内されたかと思ったら、ルフさんは用意していたふかふかの座布《ざぶ》団《とん》に俺を誘導。

目の前にはテレビの大画面。

壁一面に置かれたラックには、これまたゲームがビッシリと並べられていた。

パッと見る限り乙女ゲームが多そうか？

最近のゲームから世代の古いゲームまで揃《そろ》っていることから、これは相当なゲーム好きだと嫌でもわかってしまう。ダウンロード販売しているゲームも、わざわざパッケージ版を買って並べているし。いわゆるコレクター魂というやつだろうか。

「凄いですね……。俺、こんなにゲームが並んでいるところ初めて見ました」

「えへへ……。のめり込んで集めていたら、いつの間にかこんなことになってました」

照れながら説明してくれるルフさん。大人の女性にこんなことを思うのは失礼かもしれないけど、ちょっと可愛《かわい》い。

「それでですね、今日は渡良瀬《わたらせ》さんと一緒にゲームをするにあたって一晩熟考した結果──」

「え？　一晩も考えたんですか？」

何ソレちょっと怖い。そんなに俺とゲームしたかったってこと？　何で？

「今日はこのゲームをすることに決定しました！」

ルフさんは俺の疑問の声は無視して（というか聞こえてない？）棚からとあるゲームを取り出してこっちに見せてきた。

「あ、グラブラですか」

「知ってます⁉」

「はい。実家にあったので、友達と何回かやったことがあります」

グレートランドブラザーズ。様々な世界の主人公たちが一堂に会したお祭りゲーだ。一人プレイもできるが、このゲームは対戦が異様に盛り上がる。

「だったら説明は不要ですね！　早速やりましょう！　ティトリーとネロリーもね！　やったぁ！　夢の四人対戦だあ！」

ルフさんは喜色満面でゲームの準備に取りかかる。

その間に横からスッ……とティトリーちゃんからコントローラーを渡された。

なぜだろう。俺は彼女の目が何を言いたいのか、咄嗟にわかってしまった。

「グッドラック」と、ティトリーちゃんの目は如実《にょじつ》に語っていたのだ。

「実はここで暮らし始めてから、隣の部屋に若い男の人が入ったのは渡良瀬さんが初めてなんです。だから、ご主人様はそれはそれは楽しみにしておいででした」

続けてネロリーちゃんがぽそっと呟く。

あ、あぁ……。なるほどー……？

つまりルフさんは今まで誰かとゲームで遊んでみたかったけど、やってくれそうな人がアパートにいなかった。

そこでいかにもゲームをプレイしてそうな俺が引っ越して来たから目を付けられた——ということか。

…………。

そこまで俺とゲームしたかったの？

彼女の執念を思うとちょっと怖くなってしまったので、今は強制的にそのことは忘れて流れに身を任せることにしたのだった。


その後、俺たちはグラブラを一心不乱にやって楽しんだ。

本当にただ遊んだだけ。

ちなみに、ルフさんはそこまで上手《うま》いわけではなかった。

ここまでゲームを集めているのだから凄いゲーマーなのかと初めは怯《ひる》んでいたんだけど、全然そんなことはなく腕前は普通。

むしろネロリーちゃんの方が上手かった。上手いというか、ハメ技が容赦ないタイプ。

普段のおとなしそうな顔とは違い「フヒヒ……吹っ飛ぶが良いです」と笑っていたのはちょっと――いや、かなり不気味だった。

ティトリーちゃんと髪色以外はソックリだと思っていたけど、そんなネロリーちゃんを見てティトリーちゃんもちょっと引いていたので、性格はやっぱり違うらしい。

そんなこんなで四人でワイワイ言いながら楽しんでいるうちに、あっという間に昼食の時間になってしまった。

彼女たちは午後から予定があるらしく、流れで解散になる。

「…………」

帰り際《ぎわ》、なぜか俺の顔をジッと見てくるルフさん。

ほんのりとその頬が赤くなって見えるのは気のせいであろうか。

「な、何か？」

「ううん、何でもない。遊んでくれてありがとう～！　楽しかった！　またね！」

玄関先で手を振って別れ、自分の部屋に戻った俺は、しばし台所でボーッと突っ立っていた。

思いがけずルフさんの部屋に招き入れられたわけだけど。

今さらながら、俺たちは大事なことを忘れている気がする……。

そう、自己紹介をしていない！

俺はルフさんたちに引っ越しの挨拶をしただけで「高校生です」とか「趣味はコレでして……」とか、何も言っていないわけである。

当然、彼女たちのことも何もわからないままだ。

お互いの素性も知らないままいきなり部屋に呼ばれて、ゲームで盛り上がって終わり。

幼い子ども同士ならまだしも、高校生にもなってそんなことある⁉

いや、あったけど！　自分でも信じられないけど！

ていうか、何でエルフがあんなにゲーム持ってんの⁉　全部自腹⁉　ルフさんがあれらを全部自分で購入したのか⁉

…………わからん。

結局はその言葉に行き着いてしまう。

ただ、ルフさんの部屋にはめっちゃゲームがあって、めっちゃ植物があったことはわかった。あと、俺が誘われた理由も。

今日の収穫はゼロではない。ゼロではないが――。

やっぱりちょっとモヤモヤしたものが心に残る俺だった。

断章　水瀬《みずせ》ことりの疑問

カーテン越しに朝を感じてはいるけれど、まだ布団《ふとん》から出たくない、そんな休日の朝。

ピコンッと、自分のスマホから可愛い音が鳴った。

布団の上で寝転がったままスマホに手を伸ばして、画面を確認すると――。

「――！　羽椰世《はやせ》ちゃんからだ！」

私はゴロンと体を半回転させ、改めて彼女からのメッセージに目を通す。

『おはよー！　今日そっちに遊びに行っていい？』

文面を見た瞬間、眠気が吹き飛んで気付いたら起き上がっていた。

返事はもちろん『ＯＫ』。すぐに送信した。

具体的な予定は何も書いていなかったのに、それでも胸のあたりが熱く感じるほどワクワクしている。友達との遊ぶ約束っていいものだなー。

こうしてはいられないと、私は慌てて服を着替えるのだった。

そういえば、いつ頃来るとか書いていなかったな。でもいいか。今までと同じく、たぶん十一時前くらいだろうし。

そんなことを考えながら朝食を食べながらテレビを見ていると、またしてもスマホが鳴る。

『今から行くね！』

と羽椰世ちゃんから。

いつもより早い！

私は急いで朝食のコーンフレークとサラダをかきこむ。

今日はどうしたんだろ。でも早く会えるということは、その分一緒にいられる時間が長くなるってことなので問題はなし。

羽椰世ちゃんとお喋《しゃべ》りするだけで本当に楽しい。それは小学生の時からずっと変わらない。

学校の廊下で。非常階段に座りながら。時には私の家の前で。

会話の内容は後から半分以下も思い出せないくらい、取り留めもなくてくだらないものなのだけど。喋っている時の空気感がただ心地良くて、ずっと口を動かしてしまう。

私が中学の時に転校してからも、ずっと連絡は取り合ってきた。でもやっぱり、実際に羽椰世ちゃんの顔を見ながらのお喋りの方が花が咲いてしまう。

考えていたら、自然と頬が緩んでいることに気付いた。

楽しみだなあ。早く来ないかな。

私はしばらくの間、時計を無意味に眺めてしまうのだった。

「おはよう羽椰世ちゃん！」

「ことりちゃん、おはよー！」

最初に予想した通り、羽椰世ちゃんは十一時前にやって来た。あの後『お土産を買ってから行くね』と連絡があり、結局いつもと同じ時間になったのだ。もし羽椰世ちゃん検定があったら、二級は余裕で取得できる自信がある。

存在しない検定に対して優越感を抱いていると、羽椰世ちゃんは鞄《かばん》の中から小さな包みを取り出した。

「早速だけど、これあげる。クッキーパイ」

「えっ⁉　いいの？　ありがとう！」

緑のパステルカラーの包装用紙にくるまれたそれは、スーパーのお菓子コーナーではまずお目にかかれない、とてもお洒落《しゃれ》な見た目をしていた。

羽椰世ちゃんがくれた物だから、絶対に美味《おい》しいに決まっている。

続けて羽椰世ちゃんは、鞄の中からもう一つの包みを取り出した。

「それで、こっちはパパからルフさん宛てに頼まれているやつなんだけど……。ことりちゃんも一緒に付いてきてくれる？」

「下の階の森江《もりえ》さん？　うん、いいよ」

私の部屋に来る前に渡してくるという選択肢もあったはずなのに、羽椰世ちゃんがそうしないってことは何か理由があるのかな。

「ありがとう。いやあ……ルフさんってすっごく美人でしょ？　一人だと緊張しちゃうんだよね……」

あ、なるほど。

「わかる。私も初めて挨拶した時、声が上手く出なかったもん」

「だよねー。私は何回会っても慣れないよ。造形美が完璧すぎてさあ」

うんうんと私も頷《うなず》く。

そういえばこの前羽椰世ちゃんが言っていた、森江さんはずっと以前からここに住んでいるって話……。よく考えたら凄《すご》いなあ。

『美魔女』なる美人な女性たちはテレビの中では見たことがあったけど、実際目の前に現れると本当に言葉を失ってしまうんだなって思った。

私たちより耳が長いのもとても個性的だし。でも変じゃなくて、むしろ綺麗《きれい》というか。

…………………。

…………あれ？

そこまで考えて何かが引っ掛かった。でも、何が引っ掛かったのかがわからない。

頭の一部に薄い靄《もや》がかかっているような、とてももどかしい感覚。

「ともかく、ことりちゃんが一緒にいてくれるなら心強いよ！　早速渡しに行こう！」

「……うん。そうだね」

そのもどかしさの理由がわからないまま、私は羽椰世ちゃんと一緒に下の階へ向かった。


「わあ……！　条条園《じょうじょうえん》のお煎餅だ！　これ大好きなんだよね。ありがとう！」

森江さんの部屋を訪れてすぐに羽椰世ちゃんがお土産を差し出すと、彼女は子どものように無邪気に笑った。

うっ。笑顔がとても眩《まぶ》しい……。本当にキラキラしてる。

「あ、早崎《はやさき》さん。いつもありがとうございます」

「お父様にもありがとうとお伝えください」

横からひょっこりと顔を出してきたのは、確かティトリーちゃんとネロリーちゃんだっけ？　この二人も髪色が綺麗だし、可愛《かわい》いんだよね。

………ん？

さっきと同じ感覚だ。何かを忘れているような、そうでないような……。

「ついでだし、良かったら上がっていきませんか？」

「頂いたお菓子に合うお茶をご用意いたしますよ」

思ってもいなかった二人からの提案に、私と羽椰世ちゃんは思わず顔を見合わせる。

「それじゃあ、お邪魔します」

こうして私たちは、森江さんのお部屋に上がらせてもらうことになるのだった。

その後はネロリーちゃんが用意してくれた濃いめの緑茶を飲みながら、ずっとお喋りをしていた。

同じアパートなのに、私の部屋とは全然違う雰囲気で驚いたな。

植物がいっぱい置いてあるのって、何だか大人の女性って感じがしてカッコイイと思ってしまった。私は植物のお世話をするのが苦手だから、余計そう思ってしまうのかもしれないけど。

お話ししているうちに、森江さんのことを「ルフさん」と呼ぶことになっちゃった。

確かに、ティトリーちゃんとネロリーちゃんも『森江さん』だもんね。

年上の女性の下の名前を呼ぶのってちょっとドキドキしてしまうのって私だけかな？

でも仲良くなれて嬉《うれ》しい。

はあ……。それにしても、美人は目と心の保養になるなあ。

皆とお喋りしている最中、私の心は終始ほわほわとしていた。

そしていつの間にか、何かを思い出せないようなもどかしい感覚は消えていたのだった。

三話　バーベキュー

今日も水瀬さん、早崎さんと一緒に学校から帰宅した俺。

一年生の部活動は来週から始まるらしいので、三人で下校できるのはあと少しだ。そう考えると少し寂しいかもしれない。

早崎さんは相変わらず、水瀬さんにべったりくっ付いて歩いている。時折、俺に威嚇の視線を送ってくるのも忘れない。

やっぱり早崎さんの俺を見る目が怖いので、三人一緒に下校しなくても寂しくはないかも……。

「おう。坊主《ぼうず》に嬢ちゃん」

アパートに着いた直後、男性に突然後ろから声をかけられた。

「はい？」

「あ。こんにちは」

俺と水瀬さんで返事に差が出てしまった。こういう咄嗟《とっさ》の声かけに即座に対応できないのがちょっと悔しい。これが人間力の差か……。

声をかけてきたのは、アパートの二階に彼女（?）と住んでいる、ちょっと柄の悪いお兄さんだ。

ただ、名前が出てこない。挨拶に行った時に聞いてはいるんだけど。

あの時は緊張していたので、名前を聞いた瞬間に右から左へ流れていったことだけは覚えている。

……ダメじゃん。

「今日の夜、ここでバーベキューすっから。お前らも良かったら来いや」

「バーベキュー……?」

その単語に眉を寄せたのは早崎さんだ。

アパートの前は砂地の駐車場になっているのだが、正直スペースはかなり空いている。子どもがドッジボールをできるくらいの広さはあるのだ。端の方にはそこそこ高い雑草も生えているので、虫取りをしようと思えばできるだろう。

おまけに車止めも区切りもないし、停《と》まっている車は二台だけ。知らない人が見たら、空き地に見えるかもしれない。

とはいえ、一応駐車場であることには変わりはないわけで。

不動産屋の娘の早崎さんとしては、やはり黙っているわけにはいかないのだろう。

「おっ。そっちはもしかして大家さんところの娘さんか？　ちゃんと親父《おやじ》さんには許可取ってきたからよ。一緒にどう？」

「パパが許可を出したなら……。うん、私も参加したい」

マジか。駐車場でバーベキューが許されるんだ。凄いな田舎。

というか早崎さん、『私も』って言ったよな？

俺と水瀬《みずせ》さんはまだ返事をしてないのだけど、どうやら強制参加の流れらしい。

「でも本当に良いんですか？」

「全然問題ないぜー。アパートの住民ら全員呼ぶからよ」

スパッと言い切るところが凄い。これが本当の【属性：陽】の者か……。

それはともかく、つまりルフさんたちも呼ぶってことだよな？　俄然《がぜん》参加しなければいけない気がしてきた。

そもそも、無条件で食べられる肉を断る理由がない。

「わかりました。ありがたく参加させていただきます！」

「そんなに畏《かしこ》まらんでもいいっての。十八時から始めるからそれまでに集合なー」

お兄さんは軽い調子で言うと、用意をするためか駐車場の方へ歩いていく。

おもいがけない展開に、俺たちは思わず笑みを浮かべながら顔を見合わせていたのだった。

部屋に戻って今日の分の洗濯をしたり、特に意味もなくスマホを眺めていると、あっという間に十八時になってしまった。

言われていた通り外に出ると、階段の上から水瀬さんと早崎さんが下りてきたところだった。

早崎さんはあれから水瀬さんの部屋にいたらしい。二人とも制服のままだ。

「渡良瀬《わたらせ》くん、楽しみだね！」

ニッコリと俺に笑いかける水瀬さんと、その後ろから般若《はんにゃ》の如《ごと》き顔で睨《にら》んでくる早崎さん。だから怖いって……。

駐車場の空きスペースには、既に何人かの大人たちが集まっていた。

お兄さんから少し離れた所で、一緒に住んでいるらしい二十歳くらいのお姉さんが、もう一人のお姉さんと談笑している。

あれは、初日に薄い寝間着で歯ブラシを咥《くわ》えながら出てきた、夜職らしき二〇二号室のお姉さん！

嫌でもあの格好を思い出してしまい、頭を振って脳内の残像を追い出す俺。

「どうしたの渡良瀬くん？　顔赤いけど。熱？」

「い、いや。何でもない」

水瀬さんにすかさず聞かれて慌てて誤魔化す。

しばらくあのお姉さんの方に顔を向けるのはやめておこう……。

「ところで水瀬さん。俺、お兄さんたちの名前を忘れちゃったんだけど、覚えてる？」

俺が小声で問うと、水瀬さんはこくりと頷《うなず》いた。

あ、良かった。正直今さら本人たちに聞き直す勇気はなかったんだよな。同級生ならまだしも大人だし。

「あっちの青いインナーカラーのお姉さんが市場《いちば》さん。お兄さんの奥さんだよ」

何ぃッ!?　二人は同棲《どうせい》しているどころか夫婦だった！

そうか。かなり若い夫婦だなあ……。

「で、市場さんの奥さんと話しているのが鹿取《しかとり》さん。私もほとんど見たことないからちょっとドキドキしちゃう」

水瀬さんの『ドキドキしちゃう』に反応したのか（何故《なぜ》？）早崎さんの耳がぴぴくぅっ！　と露骨に動いた。

そして俺と水瀬さんの間に強引に割って入ってくる。

「そういうのはことりちゃんじゃなくて私に聞いて？」

相変わらず小さい声で、でも限りなくドスの利《き》いた声で俺に言う早崎《はやさき》さん。

俺、いつかこの子に暗殺されない？　大丈夫？

「でも早崎さんはここに住んでいないのに、皆の名前を知ってるの？」

「当然。ことりちゃんが引っ越してくるって言った時に、身元を徹底的にチェックしたから」

「そうですか……」

このアパートの住民は、早崎チェックに漏れなく合格した選ばれし者たちらしい。

……俺のことはなぜ意識してなかったんだろう？　気になるけど怖いから聞けない……。

早崎さんのことはともかく、水瀬さんのおかげで住民たちの名前を改めて覚えることができた。

バーベキューコンロの前を陣取る市場お兄さんの隣には、一〇三号室の永島《ながしま》さんがトングを持って立っている。バーベキューコンロには、既にとうもろこしやピーマンなどの野菜が載っていた。

「そろそろお肉も焼きましょうかねえ？」

「あ、お願いっす」

お兄さんが永島さんにお願いしたタイミングで「すみませーん！　遅れました！」と後ろから声がした。

皆が一斉に振り返ると、ルフさんたち三人がボウルいっぱいのレタスを抱えてこちらへやって来るところだった。

今日のルフさんの格好は、パツパツのTシャツにホットパンツという、これまた目のやり場に困るような服装。同時に脚の露出の多さに、ちょっと虫刺されの心配もしてしまう。Tシャツも小さくない？　特にその、胸の部分が……。

いや、決してセクハラの意図はなくて。もう少し余裕を持たせないと動きにくそうというか。

「いやいや、遅れてねーし。今始めたばっかだから！」

保護者みたいな思考になっている俺の横で、市場お兄さんがルフさんに向けて陽気に言い放った。

「ルフちゃん草めっちゃ持ってくるじゃん！　ウケル！」

「くっ、草じゃないですよ⁉　サニーレタスです！」

鹿取さんが笑いながら指摘すると、すかさず反論するルフさん。

この二人仲が良いんだな。

というか、このアパートの住民同士の仲が既に良い気がする。

さっきの永島さんに対する市場お兄さんの態度とか。

そもそもバーベキューをする集団って、家族とか学生の集まりとか会社のメンバーだと思うんだけど。『同じアパートだから全員集合！』は初めて知ったパターンだ。

俺が知らないだけで、田舎だと普通なのか？

「こんばんはルフさん」

「ことりちゃんー！」

水瀬さんとルフさんがお互いにニコニコと手を振り合う。

えっ？　この二人いつの間に仲良くなったの⁉　打ち解けるの早くない？

水瀬さんとはついこの間、ルフさんはちょっと普通ではないと俺と言い合ったところなのに……。

これは水瀬さんの適応力がずば抜けているのか、それとも女性は大体こんな感じなのか、どっちなんだ。

「ウインナーも持ってきました」

「おおっ、サンキューなティトリーちゃん。肉系の追加は大歓迎だぜ」

「あと、山で獲《と》れた猪《いのしし》の肉も少々」

「おお……。相変わらずワイルドだな……」

ティトリーちゃんの追加情報に、市場お兄さんだけでなく俺も面食《めんく》らってしまった。

エルフは猪を狩るのか。なるほど……。草食系じゃないんだな。

でも確かに、ルフさんのあのプロポーションは草を食べるだけでは維持できなそうだ。

狩りはやっぱり弓を使ったのか？　猟銃とか持ってなさそうだし。

というかそもそもこの近辺、猪が出るんだな。

「牛肉はあーしとニュルちゃんが大量に買ってきたからねー。いくらでも食べなー」

とは市場お姉さんの言葉。

ニュルちゃんって誰だ。鹿取さん？　それとも市場お兄さんのこと？

と俺の疑問が晴れる間もなく――。

「いええええい！」

「たくさん食べましょー！」

「いただきまーす！」

とノリノリのルフさんたちの声を皮切りに、本格的にバーベキューが始まったのだった。

肉は美味《うま》い。

特に食べ盛りである十代若者の俺としては、肉こそが至高の食材だと断言しても良いくらいだ。肉からしか摂取できないエネルギーがそこにはある——。

そんな当たり前のことをちょっと大げさに感じながら、俺は次々と焼き上がっていく肉をひたすら口に運び続けた。

いや、遠慮しなくていいって言われたし。

そもそも本当に大量の肉が用意されていたから、逆に食べざるをえないというか。

あと永島さんや鹿取さんが「野菜は私たちで消費するから」と肉を勧めてきたから、益々《ますます》頑張って食べなければという気持ちになり——。

気付いたら俺は結構な量の肉を食べていた。

とはいえ、まだまだお腹《なか》いっぱいにはなっていない。

一通り牛肉を堪能《たんのう》したところで、今度はルフさんたちが持ってきた猪の肉に手を伸ばす。と、ちょうど俺と同じタイミングで横から箸が伸びてきた。

顔を上げると水瀬さんだった。

彼女もそろそろこの肉が気になってきたところだったんだな……と勝手に親近感を抱く。

「私、猪のお肉は初めて食べるよ」

「俺も」

お互いにちょっとだけ緊張しながら、パクリと一口。

明らかに食感も味も牛肉とは違う。でも、決してマズイということもなくて。

「猪肉ってもっと獣臭いかと思ってたけど、結構イケるんだね」

「下処理で何か良い感じに食べやすくしときました」

突然にょきっと横からネロリーちゃんが生えてきて、俺と水瀬さんはビクッとなってしまった。

「そ、そうなんだ。凄《すご》いね」

俺が言うと、ネロリーちゃんは「えへん」とちょっと誇らしげにして腰に手を当てる。

「ネロリーは料理が得意ですからね！　こっちの猪肉はちょっと癖が強いので手間がかかっちゃいますが、美味《おい》しく食べるためなら何だってしちゃいます！」

今『こっちの』て言ったよな……。それってやっぱり『こっちの世界』って意味か？

それとも『この辺りの地方』という意味か？

ネロリーちゃんの言い方から察するに、ここに来る前から猪の肉を食べていたことは確実だろう。日本ではかなり限られた地域の話になると思うんだが――。

まぁどう考えても他の世界からやって来た人たちだろうし、たぶん前者の意味なんだろうな。

ネロリーちゃんが言った言葉から色々想像が広がりかけたところで、ルフさんがいきなり俺たちの輪の中にやって来た。

さっきまで鹿取さんとずっと話していたけど、一区切り付いたらしい。

「い、いっぱい食べてます?」

「はい！　それはもう、遠慮なく」

「美味しいでーす！」

ちょっと緊張しながらの問いかけに俺と水瀬さんが答えると、ルフさんは「良かった」と相好を崩した。

「あの、こうやってアパートの皆が集まるのは初めてじゃないんですか?」

「うん。市場さんたちが引っ越してきてから何回か……。こういうの好きなんだって」

「へえ。なんか凄いですね」

いくら好きでも、家族でもない人間を集めてバーベキューをやろうという発想には普通ならないと思うんだけど。アパートの住民が全員良い人とは限らないわけだし。

……もしかして市場お兄さんもルフさんたちのことが気になっていて、それでわざわざこんな催しを?

横目でチラリとお兄さんを見るが、相変わらず楽しそうに肉を焼いているだけで、その姿から真意は窺《うかが》えない。

ていうか、そもそも誰もルフさんたちの見た目にツッコまないことが、俺としてはちょっとしたホラーだ。皆、まるで普通の人間であるかのように振る舞ってるもん。

おかしいのは俺の方なのか？　実はエルフって、この辺では珍しくない存在なの？

「部屋に引き籠もっている身からすると、こうやって外に出るきっかけを与えてくれるのは助かります……」

「そうですね。私とティトリーが言っても、ご主人様はなかなか外に出ませんから」

ルフさん、引き籠もっているんだ……。ゴミ捨ての時は会ったけど、確かに働きに出ている様子はなかったもんな。

じゃあどうやって生活してんの？　て話になってくるけど、今はそれについて考えるのはやめておこう。直接聞く勇気もないし、そもそも食べる方に集中したい。

というか肉。俺の体はまだ肉を欲《ほっ》している……！

「ことりちゃん。これどうだった？」

「あ、羽椰世《はやせ》ちゃん。美味しかったよー」

早崎さんが突然、水瀬《みずせ》さんの後ろから声をかけた。どうやら俺たちが集まっていることに気付いたらしい。

「あっ、早崎さん」

「どうも」

「この間はありがとうございました！」

腰を九十度以上に曲げて、早崎さんに頭を下げるルフさん。

俺の知らないところで、何かやり取りがあったらしい。

「いえいえ。こちらこそ、これからもよろしくお願いします」

ニッコリと、天使のような微笑《ほほえ》みをルフさんに向ける早崎さん。

俺に向ける表情とは、天と地ほどの差があるんですが……。とか思ってたら何故《なぜ》か睨《にら》まれてしまった。俺の心を読んだのか？　というタイミングで怖すぎる。

「ルフさん。飲み物取ってきましょうか？」

水瀬さんが提案するが、ルフさんは首を縦には振らなかった。

「あ、いえ。ちょうど妾《わらわ》も向こうに行こうと思ってたところなので……」

「妾……」

おっ⁉

さすがに水瀬さんもその一人称には引っかかった模様。

だよな。やっぱ普通気になるって、うん。

ちょっとだけ沈黙の間があった後——。

水瀬さんはほんの少しだけ視線を空に向けてから、再び口を開く。

「だったら、一緒に行きましょう」

何事もなかったかのように、ニッコリと微笑む水瀬さん。

なっ、流した……だと……!?　こんなに気になる一人称を!?　マジか……。

水瀬さんって一応疑問には思うけど、結局何でも受け入れちゃうタイプなのかもしれない……。

あとついでと言っては何だが、早崎《はやさき》さんもリアクションなし。俺の感性だけが世界に独りぼっちの気分を味わってます、はい。

「私もお供します」

とネロリーちゃん。お供って言い方がやっぱり従者なんだよな。

「羽椥世ちゃんも一緒に行く？」

「もちろん」

「あ、俺はまだ良いよ」

俺が返事をすると、四人はそのままドリンク類を置いてある簡易テーブルに歩いて行ってしまった。

うーむ、ルフさんとの距離の縮め方が早いな、水瀬さん。俺も負けてられない――って、別に勝負してるわけじゃなかった。

それはさておき、とにかく今は肉だ。

俺は肉を焼き続けている市場お兄さんの所へ行き、改めて皿に肉をこんもり盛ってもらったのだった。


辺りはすっかり暗くなり、少し肌寒さを感じ始める。

とはいえ、バーベキューはまだまだ終わりそうにない。

煌々《こうこう》と目映《まばゆ》い光を発するランタンの横で皆を眺めながら、改めてこの光景って凄いなと、俺はしみじみとしていた。

俺の実家の庭でバーベキューでもしようものなら、やれ洗濯物に臭いがつくとか、煙たいとか、騒いでる声がうるさいとか苦情が来るのが当たり前。でも、ここではそういうのは気にしなくて良いらしい。

すっかり慣れた炭火の香りを心地良く感じているように、たぶんここでの生活にもすぐに慣れるだろう。

部活目当てで引っ越してきたけれど、こんな生活が待っているなんて夢にも思っていなかった。これから待っているであろう生活にも、さらなる期待を抱かずにはいられない。

「わ、渡良瀬《わたらせ》さん。たくさん食べましたか？」

一人黄昏《たそがれ》モードになっていた俺に、ルフさんが話しかけてきた。

「あ、はい。二ヶ月分くらいの肉は食べた気がします」

「ふふっ。それは良かったです」

「…………」

「…………」

どうしよう。会話が終わってしまった。

ルフさんもちょっと焦《あせ》っているのが空気でわかってしまう。

この際思い切って直接聞いてみるか？

「あの――」

「はっ、はい！　何でしょう！」

「どうしてここに住んでいるんですか？」

……聞いた。ついに聞いてしまったぞ。

さぁ、ルフさんは一体どんな答えを？

「それは……」

ルフさんは視線を下げ、何かを言おうとしては口を閉じ——を何回か繰り返した後。

そこからしばし黙ってしまった。

え……。何だその意味深な間は。やっぱり聞いたらマズイことだったのか？

途端に心がざわつき始める。困らせるつもりはなかったんだけど、どうしよう……。

「あ、いや。別に言いにくかったら無理に言わなくていいですから！」

そうだよな。誰だって他人には言いたくないことがある。それが会って間もない人間なら尚《なお》さらだ。

俺が慌ててフォローすると、ルフさんはようやく肩の力が抜けたようにフッと小さく笑った。そしてすぐ近くの山を見つめる。

とはいえ既に辺りは真っ暗で、山も濃いシルエットでしか見えないわけだが。

「自然が好きなんです。ここは良い場所ですから……」

暗闇の奥の山を見つめながら、ポツリと呟《つぶや》くルフさん。

その返答に、ああそうなんだと妙に納得した一方で——。

山を見つめるルフさんの目が、やけに憂いを帯びているように見えたのが気になったのだった。

四話　山にて

今日の俺のテンションは朝から高かった。

それもこれも、昨日ようやく部活に入部できたことにある。

自然工芸部。

かなりマイナーな部活だけど、俺がこの高校に入る要因となった部活だ。木の枝とか葉っぱとかを使って、作品を作るのが主な活動。立体でも平面でもそこは自由。

昨日は部員同士の挨拶と諸々《もろもろ》の説明だけで終わった。今日からようやく本格的に活動開始となれば、心が高鳴るのも仕方がないというものだ。

そんな感じでウキウキしながら授業を受けていたら、あっという間に放課後になってしまった。

早速部室へと直行する俺。

ちなみに活動場所は美術室Ⅱだ。

美術室Ⅰは名前の通り美術部が使っている。自然工芸部と違い、美術部にはそれなりの部員がいるらしい。部室に入る前に開いている窓の隙間から中の様子がちょっと見えたのだが、教室の椅子半分は埋まっていた。

対して、人数がそこまで多くない我が自然工芸部。新入部員は俺を含めて二人だけ。もう一人は眼鏡をかけたおとなしそうな女子だ。隣のクラスの林灘《はやしなだ》さんというらしい。

部員は先輩を入れても十人にも満たない。潰れないか？　という一抹の不安はあるが、まぁ今年は大丈夫だろう。とあえて楽観的に考える。

部長はちょっとぽっちゃりした三年生の女子。見た目だけでなく、喋《しゃべ》り方も凄《すご》くゆるふわしているタイプだ。

「うちの自然工芸部は、夏に市のホールの一部を借りて展覧会を開催するのが伝統になってます～。まずはそれに向けての作品を頑張って作っていこうね～」

「何かテーマとかあったりするんですか？」

控えめに挙手してから質問する林灘さん。

「特にないよ～。どういう物を作るかは自由～。これ、去年の展示の様子の写真～」

と言って、部長はファイルの中から写真を取り出して見せてくれた。

先輩たちの作品が白い台座に等間隔に並べられている。

枯れ葉だけを使った絵のような作品から、いが栗《ぐり》の殻を使った不気味な人形まで、まさに千差万別だ。

ただ俺の想像よりもずっと立派な展示のされ方をしていて、見ていて少し萎縮してしまった。俺としては作ること第一で、誰かに見せることは考えていなかったなと改めて気付いたのだ。

まぁ、部員の一員となったからには方針に従うしかない。

「ということで、初日の今日は材料集めからってことで〜。早速ハゲ山に出発しまぁす」

すげぇ名前の山だな……。これ、笑ってもいいところなのか？

林灘さんもそれは思ったらしく明らかに困惑が顔に滲《にじ》んでいたが、あえてそれについて言及することはなかった。

そんなわけで、俺たちは学校の裏にある山に行くことになった。

文化部が活動の一環で山に入るなんて、たぶん他では滅多にないことではなかろうか。

なぜ俺が引っ越してきてまでこの部活に入りたかったのか——。

その要因は、幼い頃に森で見た芸術作品にある。

そう。あれは紛れもなく芸術作品だった……。

小学二年生の時、学校の遠足で森の中にある公園に行った。メインはアスレチックで、同級生たちがテンション高めに駆け回っていたのをよく覚えている。

その中でも特にロープスライダーは大人気で、長蛇の列が絶えず続いている状態だった。

俺もその列の一員として待っている最中――。

見つけてしまったんだ。

アスレチックエリアからは少し外れた森の中。草が生い茂り、子どもの背丈では容易に立ち入ることができない所に、ポツンと佇《たたず》む『何か』があったのを。

後ろに並ぶ友達に「アレ何だろう?」と指差して聞いたのだが、なぜか友達はその『何か』を一向に見つけることができず、終始怪訝《けげん》な顔で俺を見ていたのをよく覚えている。

そんな友達からの視線にも負けず、俺は気付いたらその『何か』を見るために列を外れていた。

今考えても、なぜそれに引き寄せられたのかはわからない。

草の隙間から僅かに見えただけの物だ。ゴミが捨てられているなと思うのが普通だろう。

でもなぜか、重力に従って落ちるリンゴのように抗《あらが》えないものがあった。

そして草をかき分けて進み、いざ『何か』を目の前にした時。

電流に似た衝撃が全身を走り、俺は立ち尽くしてしまった。

枯れ枝や葉っぱ、木の実などを集めて作られた立体物。

何かを象《かたど》っていたのか、それとも適当に組み合わせたのかはわからない。

動物のようにも見えたし（強いて言えば犬かもしれない）、適当に組まれたようにも見えた。

ただそれは、どうしようもなく俺の心を摑《つか》んで離さなかったのだ。

よく見るとその立体物の周辺だけ草が取り除かれ、天然の台座みたいになっていた。誰かが何かの目的で作ったことは明白だ。

けれど、こんな人目に付かない場所でどうしてその『誰か』はこんな物を作ったのか、全然わからない。裏返したり隅々まで見てみたけど、サイン等《など》の署名に当たるものはなかった。

たぶん、普通なら不気味に思って終わるのだろう。

だけど俺は、その立体物に異様なまでに魅入られてしまい、そして思ってしまったのだ。

『自分もこれを作ってみたい』と――。

それから家に帰って、早速自分も作品作りに取り組み始めた――わけではなかった。

俺の家の周辺には、残念ながら自然がなかったのだ。

せいぜい道の端に生えている雑草か、学校に植えられた桜の木を目にするくらい。

初めのうちこそ落胆したが、環境が環境だけにそのうち立体物のことも忘れ、ただ日々を生きてきた。

転機となったのは中学三年生の時。

進路調査のアンケートの紙を渡された直後、突然あの立体物のことを思い出したのだ。

やっぱり、どうしてもあのような物を自分でも作ってみたい——。

発作に似た強烈な欲求がそれから消えなくて、なかなか大変だった。

学校に一本だけ植えられている桜の木の下で、葉っぱと花弁を拾って作ろうと試みたこともある。だけど木の枝も木の実も足りないので、当然ながら立体物にならない。

やはりここにいても『あれ』は作ることができないと確信した俺は、高校に賭けることにした。

高校を片っ端から調べて、少しでも自然が多い所を探し回った。

そして調べていく中で、この森里《もりり》々高校の『自然工芸部』というのを見つけたのだ。

まさに俺が探し求めていた部活。こんな部活がこの世に存在していたことを知った後は、もうこの高校しか眼中になくなって——。

あとは勉強を自分なりに頑張り、親も説得して、ここへ引っ越してきたというわけだ。

と、今までのことを回想しながら歩いていたら、山の手前までもう着いてしまっていた。

部長を先頭に坂道を上って行くと、少し開けた空間になっていた。

公園のように走り回れそうな剝《む》き出しの砂地の広場。その奥は緩やかな傾斜に木々が鬱《うっ》蒼《そう》と茂っていて、そこから先は山であることが嫌でもわかるようになっている。

そして広場の端の方に、焦げ茶色の小屋がポツンと佇んでいた。小屋の入り口には『茶』と書かれた暖簾《のれん》がぶら下がっている。

「ここは江戸時代からある茶屋なんですよ～。このハゲ山は昔、商人さんたちのための宿泊所や休憩所が集まっていたらしいんです～」

「へえー」

かなり歴史ある場所なんだな。

それを知ったら、この寂れた風景も途端に風情《ふぜい》のあるものに見えてきたから不思議だ。

「では今から三十分、各自この周辺で材料を集めてくださいね～。でも山の上に登って行くのは禁止です～。迷子にならないよう各自気を付けてくださいね～。集合はこの茶屋の前で～ってことで、解散～」

部長のとても緩い号令の後、ぞろぞろと移動を始める先輩部員たち。

初めての俺と林灘さんは、先輩たちの挙動を見てから遅れて動き出す。

ちなみに林灘さんは俺にはまったく興味ないらしく、全然こっちを見ることもなくサッサと行ってしまった。

まあ、俺も今は人よりも材料集めの方が気になって仕方ないしな。

とにかく、いよいよ念願の部活動だ。

高鳴る鼓動に連動して、俺の足も意図せず速くなる。

部長は山の上に行くことは禁止だと言っていたが、この広場から見える範囲も十分に森なのでいくらでも材料は転がっていそうだ。

広場の端まで来た俺は、砂地から枯れ葉の積もる土に足を乗せる。枯れ葉を踏んだサクッという音と、靴裏の柔らかい感触が心地良い。

そのまましばらく歩いていると、俺の目にとある物が飛び込んできた。

こっ、これは……！

良い感じの長さの棒！　良い感じの長さの棒じゃないか！

うわ、これ剣にして遊んでみてぇ……。

小学生の時に、傘でアニメキャラの必殺技の構えをやっていた記憶が甦《よみがえ》る。

――って、そうじゃない。

心の中の小学生がつい出てきてしまったが、今は作品に使えそうな材料を探しているんだった。後々展示することを考えると、この棒はさすがに長すぎるだろう。

特に大きさの制限は言われていないが、運ぶのが面倒くさそうだし。

名残惜しいが良い感じの長さの棒に別れを告げ、俺はさらに森の中を進んでいく。

枯れ葉はそこら中に落ちているので後で拾うとして、やはり先に見つけるのは枝や石かな——と考えていた時だった。

横の奥の方からガサガサと音が鳴る。

他の部員も近くにいるんだな……としか思っていなかった俺は、そちらに顔を向けた瞬間目を疑ってしまった。

えっ⁉　ルフさん⁉

少し薄暗い森の中で一際《ひときわ》輝いている金髪。そして長い耳。紛れもなくルフさんだった。

どうしてこんな所に？

と呆《ほう》けている俺に向こうも気付いたらしい。

小さく「あ……」と呟《つぶや》いてから、ルフさんはペコリと軽くお辞儀をした。

何となく流れのままルフさんに近付いていく俺。

「わ、渡良瀬《わたらせ》さん。どうしてここに……」

「ええと、部活動の最中でして」

俺が部活の内容を簡単に説明すると、ルフさんは興味深そうに目を輝かせた。

「へえー！　そんな部活があるんですねえ！」

「そういうルフさんこそ、どうしてこんな場所に？」

「ええと……仕事？　の一環というか、なんというか……」

なぜそこで疑問形になるのだろう。

「いや。やっぱり趣味の延長線みたいな……？」

仕事なのか趣味なのかハッキリしないのか……。それはつまり、厳密には仕事ではないってことではなかろうか。まあ指摘はしないでおくけど。

そういえばルフさん、普段は引き籠もりだって言っていたな。となると、やっぱり仕事ではない気がする。

そんなことを考えていた俺だが、ルフさんの足元にある物体にようやく気付く。

え——。

いや、何で。

どうして『これ』がここに……!?

「あの……それは……？」

出した声は震えていた。

なぜならば——。

ルフさんの足元にあるそれは、俺がこの部活に入ることに決めた、あの芸術作品とそっくりな物だったからだ。

本当に、どうしてこんな所に？

俺の問いに、なぜかルフさんは一瞬目を丸くする。

どういう意図の表情なのかはわからないが、酷《ひど》く驚いているように見えた。

しかし、その表情もすぐに消える。

「これですか？　何て言えばいいかな……。色々と用途はあるのですが、主な使い道は縄張りの印……みたいなものと言いますか」

「縄張り」

「はい」

まったく想像すらしていなかった単語が返ってきて、俺はフリーズしてしまった。

……………ちょっと待て。

つまり、エルフって縄張り争いがあるってこと⁉

野生動物的な牽制《けんせい》をしあっているの？　エルフが？

というか、今俺の頭の中では色々な情報が飛び交ってまさに混乱状態なわけだが！

お、落ち着け……。一旦落ち着こう俺。

まずは順番に、ルフさんが言った言葉から咀嚼《そしゃく》して考える。

縄張り――。

つまりルフさん以外にもエルフが存在している――という認識で良いのだろうか？

「あ。人に対して主張しているわけではないので、渡良瀬さんは気にしないで大丈夫ですよ！　でも念のため触らないでくださいね！」

まるで俺の心を読んだかのように答えてくれるルフさん。

「あ、はい」

どうやら人間に対して主張しているわけではないらしい。あと、無闇に触るのもダメらしい。

俺、子どもの頃に手に取ってしまったんだが――。まあ、さすがに時効だろう。場所もここじゃないし。

と、そこまで考えてふと思う。

そう。俺が子どもの頃にアレを見たのは、ここととは全然違う森の中だった。遠足で遠出した先だったが、間違いなくここではない。

つまり日本には、ルフさん以外にもエルフが住んでいるということにならないか？

早崎《はやさき》さんが言うには、彼女のお祖父《じい》さんの時代からルフさんはここにいたらしいので、たぶん別のエルフなんだろうな。

続けて俺が考えたのは、この立体物そのものについて。

ルフさんの言葉から察するに、これがエルフが作った物であることは間違いないだろう。

つまり、俺の人生に大きく影響を与えた物はエルフ製だったということだ。

そして目の前にいるのはエルフ――。

因果というか、そういうものを感じて仕方がない。偶然と呼ぶにはあまりにも運命じみていて、正直感動すらしている。

そうかー……。エルフが作った物だったんだ、これ……。

得体の知れない雰囲気に引き寄せられた理由が、ようやく少しわかった気がする。

長年謎だったものが、こんな場所でアッサリと判明してしまった。

しかもルフさんの言い方から察するに、エルフにとっては別段珍しくもない物らしい。

縄張りを主張する物という真相までわかってしまったのは、喜んで良いのかどうか微妙だけど。

とはいえ、俺が落胆してしまったかというとそうではない。

むしろエルフではない俺があの如何《いかん》ともしがたい雰囲気を纏《まと》う物を作ることができるのか――というチャレンジ精神がムクムクと湧いてきたくらいだ。

「あの……実は俺、こういうのを作ってみたいんです。引っ越してきたのもこの部活に入りたかったからで……！　それで森江《もりえ》さんが良かったらですけど、材料集めのアドバイスを貰《もら》えないでしょうか？」

「えっ？　わ、妾《わらわ》でよければ教えますけど……」

「是非お願いします！」

「はっ、はい」

食い気味の俺にちょっと圧倒されたのか、半歩下がるルフさん。

なんかすみません。これでも興奮はかなり抑えている方なんです。

……ん？

でも作る時にアドバイスを貰っても良いものなのだろうか？

周囲をキョロキョロと見回してみるが、この近くに部長や他の部員は見当たらない。

うーむ……。ドーピングをするみたいで少し罪悪感が出てきたぞ。

とはいえ、俺が作りたかった物を最善の形で表現するには、やっぱり本家本元に聞くのが一番だろうし。

後で部長に確認してみるか。仮にダメだったら、ルフさんにはその時に謝って辞退しよう。

「それでは早速、材料を探しに行きましょう！」

ルフさんはそこでなぜかクルリと一回転して、ビシリと森の奥を指差したのだが――。

「わ、わわっ⁉」

勢いを付けて回りすぎたのか、そのままバランスを崩してこっちに倒れてきた！

「――⁉」

あまりにも急な出来事に体が反応しない俺。

そしてまるでスローモーションのように、ルフさんの体は徐々に俺に近付いてきて――。

彼女の体を支えきれず、そのまま後ろに倒れてしまった。

柔らかい枯れ葉のクッションの上で、ルフさんと俺の体が折り重なる。俺の顔に、羽のようにふわりと長い金髪がかかった。

鼻孔を擽《くすぐ》るのは、ルフさんの全身から漂う甘く優しい香り。

そして腹に当たる柔らかい感触――。

「ごごごごごめんなさい！　だっ、大丈夫ですか⁉」

慌てて俺から離れるルフさん。

「だ、大丈夫です」

何とかそれだけを喉から絞り出す。というか、それしか言うことができなかった。

寸前まで体にのしかかっていたルフさんの感触が、残り香のように頭の中に居座っていて――って、ダメだダメだ！　これ以上考えるな俺！

何か、よくわからんが色々とヤバい気がする！　何がヤバいかはわからないけど！

と頭の中が混乱状態になっていた俺を現実に引き戻したのは、茹《ゆ》で蛸《だこ》のように真っ赤になっているルフさんの姿だった。

白い肌が全身真っ赤に染まり、なぜか正座をして背を縮こまらせている。

特に顔は、今にも湯気が出てきそうなほどめちゃくちゃ赤い。

エルフってこんなに顔が赤くなるものなんだ――と、頭の隅から冷静な俺がひょっこり現れて呟く。

あまりの照れっぷりに、何だか気の毒になってきてしまったぞ。正座もしてるし……。

これは、俺の方から空気を変えた方が良さそうだな……。

「森江さんの方こそ、怪我《けが》はしてないですか？」

「ぜ、全然問題ないですっ！　ニートだけど丈夫で健康優良児なのが取り柄なので！」

おぉい!?　気を遣った言葉をかけただけなのに、新たな情報までくっ付いてきてしまったんですけど！

ルフさん、ニートなんだ……。いや、確かに引き籠もりって言ってたけどさ。

とはいえ本人の口から『ニート』というマイナス寄りの単語を言われると、なかなかインパクトが強い。

あぁ……。だからさっきは仕事かどうか明言できなかったんだな。

だったら何でここにいるんだろう、という疑問がまた復活してしまったけど。やっぱり趣味か？

って、今はそれについて考えている場合じゃないな。

「というか、何であのタイミングで回ったんですか？」

俺が聞くと、ルフさんはやや気まずそうにモジモジと指を弄《いじ》り始めた。

「か、カッコイイかなと思ったんですぅ……」

「はい？」

「あ、あのですね……。クルッと回ってビシッと決めポーズをするキャラが、私の好きなゲームキャラでいるんです……。それで森の中という似たようなシチュエーションで、そのキャラがポーズを決めるシーンがありまして……」

消え入りそうな声で呟《つぶや》くルフさんに、俺はそれ以上何も言えなくなってしまった。

ゲームで見た仕草を現実でやろうとするな⁉

——というツッコミが喉まで出掛かったけれど、何とか堪《こら》えた俺は偉いと思う。

そもそも俺からすると、ルフさんの存在自体がゲームみたいなものなんですけど？ルフさんはなかなか夢見がちな人——もといエルフだということは、今の短い間だけで理解した。

「と、とにかく材料集めですよね！　い、行きましょうそうしましょうレッツゴーです！」

照れ隠しで早口になるルフさん。そのまま立ち上がり、ロボットのようにぎくしゃくとしながら足を踏み出す。

俺はやけにカクカクとした動きをするルフさんの後に、今は黙って付いていくのだった。

材料集めは驚くほどアッサリと終わってしまった。

少し進んだ所で、俺の感性を刺激する物ががゴロゴロと転がっていたからだ。

あまりにも都合良く転がっていたものだから、ルフさんに引き寄せられた可能性まで考えてしまったほどだ。

「その枝は折れやすいので、こっちの方が良いです」と、ちゃんとアドバイスもしてくれたので本当に助かった。

自然が好きだって言っていたのは本当だった。ルフさん、ただのゲーム好きなニートエルフじゃなかったんだな。

「とても助かりました」

「いえいえ！　渡良瀬さんのお役に立てて良かったです！　えへへ」

俺が素直に伝えると、ルフさんは朗らかな笑顔でそう言った。表情もいつもより自信ありげだ。

「では、私はまだ用があるのでこれで……」

「俺もそろそろ戻らなきゃ。本当にありがとうございました」

軽く会釈《えしゃく》をして別れを告げると、ルフさんも手を振ってから山の上へ向かって行く。

山にどんな用事があるのかは不明だけど、さすがにそこまで詮索する勇気は持てなかった。

ともあれ、俺がここに来た理由と『エルフ』が繋《つな》がっていることがわかったのは大きな収穫だ。

喩《たと》えようのない高揚感を抱えたまま、俺は集合場所に向かうのだった。

※　※　※

渡良瀬《わたらせ》亮駕《りょうが》が立ち去ってから、しばらくの間。

ルフはその場から動くことができず、呆然《ぼうぜん》と立ち尽くしていた。

「渡良瀬さん、あの時のやつを認識していたなんて……」

森の中で呟いた言葉の意味を問う者は、今は誰もいなかった。

※　※　※

五話　共同作業

あれから数日が経《た》った。

いよいよ展覧会に向けて制作を開始したのだが、出だしは順調。一人五点までは作って良いとのことなので、このペースならたくさん作ることができるかもしれない。

今日も部活を終えて帰宅した俺は、夕飯前だというのにすこぶる元気だった。

好きなことに没頭できる環境、とても健康に良い。心なしか世界が輝いて見える。

食事を作るのも少しずつ慣れてきた。と言っても、まだほとんどスーパーの惣菜《そうざい》だけど。

部活を終えてからスーパーに寄って帰るという生活サイクルに変わったので、水瀬《みずせ》さんたちとはあれから一緒に下校していない。

そういえば、水瀬さんは俺に言っていた通り吹奏楽部に入ったみたいだけど、早崎《はやさき》さんは部活どうしたんだろ？

てっきり水瀬さんを追って吹奏楽部に入部したのかと思っていたのだが、どうも違うらしい。放課後、廊下でお互いに手を振って別れたのを目撃したからだ。

さすがにそこまでストーカーではなかったか。本人に直接聞く勇気はないので、今度水瀬さんに聞いてみよう。

とか考えながら、買ってきた惣菜を電子レンジで温める。

今日のおかずはチキンカツ、そしてほうれん草のゴマ和《あ》えだ。本当は肉だけにする予定だったけど、買い物中に『少しで良いから野菜も食べなさい』と言っていた母親の言葉が脳裏を過《よぎ》ったので、特に乗り気ではなかったけど買い物カゴに入れたのだ。

電子レンジが動いている間、炊いていたご飯を茶碗《ちゃわん》に盛る。

ちなみに、あれからルフさんの『お裾分けイベント』は発生していない。

あの日は本当に作りすぎただけだったんだろうな。ちょっぴり残念だけど、おかずを作りすぎることなんて滅多にないことだろうから、これからも期待はしないでおこう。

食べ終えて食器も洗って、そろそろ風呂《ふろ》の用意でもするか――とスマホを見ながらゴロゴロしていた俺。

呼び鈴が鳴ったのはその時だった。

「はい」

「わ、渡良瀬さん。森江《もりえ》です……」

ルフさん？　こんな時間に何だろう。

――――はッ⁉

もしかしてお裾分けイベント第二弾か⁉

さっき食べたばかりだけどまだ余裕で腹に入りますよ俺は。なにしろ食べ盛りなんで！

期待に胸を膨らませてドアを開けると――。

そこにはげっそりとやつれたルフさんが、肩を丸めた状態で立っていた。

こ、これは……。

絶対にお裾分けイベントではない、と一目でわかってしまった。

というか、明らかに顔色が悪い。

「どうしたんですか？　もしかして体調が悪いんですか？」

「は、恥を偲《しの》んでお願いします……。食べ物を少し……分けてください……。何でも良いです。本当に何でも良いですので……」

「…………はい？」

まったく予想していない言葉が出てきて、思わず俺は間の抜けた声で聞き返してしまった。

「だからその、食べ物を……」

ぐううううう。

ルフさんの言葉を補足するかのように、タイミング良く、かつ力強く鳴り響く腹の音。

「あぅ……」

ルフさんはお腹《なか》を押さえて顔を真っ赤にする。

冗談を言っているのではないとわかったけど、今の俺はもの凄《すご》く微妙な気持ちだ。

いや、深刻な病気とかではないみたいなので良かったけど、何かこう、騙《だま》された感が……。

「ええと……。と、とりあえず中へどうぞ」

俺が促すと、ルフさんは「すみません、すみません……」と何度も謝りながら部屋に入ってきたのだった。

まさか、こんな形でルフさんを部屋に招き入れることになろうとは。

そもそも誰かを部屋に入れるのって、親や引っ越し業者の人以外では初めてだ。その初めてをエルフに捧《ささ》げることになるなんて、引っ越す前の俺に言っても絶対に信じないだろう。

改めて間近でルフさんを見ると、やはり耳の長さに驚いてしまう。と同時に、紛れもなく本物なんだなぁと実感してしまう。

ひとまず俺は、余っていた白米にお茶漬けの素をふりかけてルフさんの前に出した。

続けてやかんに少量の水を入れて火にかける。

チキンカツはさっき全部食べてしまったし、あとはインスタントの味噌汁《みそしる》しか出せる物がない。

スーパーで買った惣菜パンは俺の明日の朝食用だし、思えば『その日食べる物を前日かその日に買う』生活をしてきたと思い知らされる。

ちなみに、昼は学食があるので自分で用意する必要がない。土日も都度惣菜を買いに行っているし……。

せめてラーメンくらい多めに買ってストックしておこう――と、湯が沸騰するまでの間に決意する俺だった。

沸騰した湯を茶碗に注ぐと、たちまちお茶漬けのできあがり。立ち上る湯気がルフさんの顔に当たるが、当の本人は目を爛々《らんらん》と輝かせ、涎《よだれ》を垂らしてお茶漬けを見つめていた。

部屋に招かれてゲームが好きなのを目の当《ま》たりにしたところまではまだ許容範囲だったが（？）さすがに犬みたいに涎を垂らして食べ物を見つめているエルフの姿なんか、見たくなかったわ……。

『エルフ』という単語が持つ神秘性が、俺の中で地に落ちた瞬間である。

俺がスプーンを渡すと、ルフさんは「いただきます！」とやたら元気に言い放ってからお茶漬けを食べ始めた。

それはもう、心の底から美味《おい》しそうに。

「うう……。空っぽの胃に優しく染《し》み渡る味……。美味しい……美味しいよぅ」

目の端にキラリと光る水滴を浮かばせながら呟《つぶや》くルフさん。

そこまで⁉

「あの、何があったんですか？　そもそもティトリーちゃんとネロリーちゃんは？」

おそるおそる俺が聞くと、ルフさんは指で涙を拭ってからスプーンを運ぶ手を止める。

「ティトリーとネロリーは、四日前から出張に行ってまして……」

出張……。あの小さい二人が？

いや、ここで口を挟んではダメだな。話が進まない。

ひとまず俺はグッと堪《こら》えてルフさんの言葉の続きを待つ。

「そこまでは今までもよくあることだったんです。でもでも、今回はお金を全部二人が持って行っちゃって……」

「ええっ⁉」

さすがに声が出てしまった。

いや、大丈夫かそれ？　事件性ないか？

「タイミング悪く冷蔵庫にストックしてあるのはお酒だけだったし、家に置いてあったお菓子も初日に食べ尽くしちゃったし、それでも何とか三日は水で我慢してたんですけど……。さすがに限界がきちゃってえぇぇぇ」

また泣き始めるルフさん。

「むしろよく三日も我慢できましたね……」

強制的な断食《だんじき》状態になってたわけか。それは確かに、泣きたくなるほどツライよな。

部屋の中に植物がいっぱいあったけど、食用には見えなかったし。

「他の人たちには助けを求めなかったんですか？」

「アパートの人たちは普段から何かと食べ物を分けてくれるので……。さすがに悪いと思って引き籠もってました……」

一応そういう世間体は気にするんだ。

とはいえ餓死するくらいなら、そこは図々《ずうずう》しくなっても良いと思うんだけど。

「しかし、二人はどうしてお金を全部持って行っちゃったんですかね？」

「うっ――。い、今まで二人の出張時に、家に置いていたお金を妾《わらわ》がほとんどゲームに注っぎ込んでしまったからだと思います……」

「それは………………ダメじゃん」

フォローしようと何とか言葉を捻《ひね》り出そうとしたけど、さすがにこれは無理だった。

原因はルフさんやんけ！

「うぅ……でも妾だって反省しましたよ。だからもう繰り返さないって誓ったのにぃ」

お金に関しては二人から全然信用されてないんだな……。

とはいえ、これはちょっとやりすぎな気もするけど。

俺はチラリと時計を見る。

時間は二十時を過ぎたところだ。となると、まだ余裕があるな。

「食べ終えたら一緒にスーパーに行きましょうか。俺が奢《おご》りますので」

「へっ⁉」

「だから、二人が帰ってくるまで何とかするしかないじゃないですか。食材を買いに行きましょうって言ってるんです」

「そっ、そんな⁉　さすがにそこまでしてもらうわけには！」

「でも、食べる物がないんですよね？」

「うっ――」

ルフさんはしばし押し黙った後、非常～に小さな声で「ないです」と答えた。もしアリが喋《しゃべ》れるようになったら、このくらいの声量かもしれない。

「だったら行きましょう、買い物」

ルフさんは控えめにコクリと頷《うなず》いた後、黙ったままお茶漬けを口にかき込むのだった。

まさかルフさんと二人きりでスーパーで買い物をすることになるなんて、ちょっと前の俺は想像すらしていなかった。

そして、ルフさんが想像以上にダメエルフだということも――。

い、いや……。まだ俺が知らないだけで、ルフさんの良いところはいっぱいあるはずだ。

たぶん。おそらく。

兎《と》にも角《かく》にも、現実が俺の思考の外すぎる。

さらに驚いたのは、スーパーの客たちもルフさんを見て何も言わないことだった。

こんなに耳が長い人がいたら、もっと奇異の視線を集めるはずだ。

それなのにまるで普通の人間のように――というかただの一般人の客と同じように、ルフさんが注目を集める気配が微塵《みじん》もない。

ここの地域の人たち、全員ルフさんのこと知ってるレベルなのか？　実はエルフって全然珍しい存在じゃないの？

いや、そんなことあってたまるか。ここは幻想世界ではない。現代日本だ。

アパートの住民が特殊な人たちばかりだと思っていたのに、どうやらそういうことではないというわけか？

「ええと、何を買いましょう……」

もう何度目になるかわからない疑問を抱いていたら、困惑しながらルフさんが呟いた。

「自分で作れる料理の材料で良いんじゃないでしょうか？」

「わ、妾が作れるもの……」

なぜそこで悩むのだろう。たくさんあって選べないのか？

「ほら、肉じゃがとか」

「うっ――」

なぜか呻《うめ》き声を上げて胸を押さえるルフさん。

えっ、何？　その反応は？

お裾分けで持ってきてくれたじゃん。言動からしてあれはルフさんが作ったものでは？

……………もしかして、違うのか？

俺の考えはそのまま顔に出ていたらしい。ルフさんは気まずそうに、俺から目を逸《そ》らしてしまった。

「ええと……。じ、実はあの肉じゃが、ティトリーとネロリーに手伝ってもらったものでして……」

「作り方も覚えてないんですか？」

「肉と野菜を切って、あと何か色々と鍋に入れました」

「その『色々』が大切だと思うんですけど⁉」

「や、やっぱりそうですよね……」

はうぅ、と項垂《うなだ》れるルフさん。

「ちなみに他の料理は……」

ルフさんは無言のままフルフルと首を横に振る。

これは完全に想定外だった。

まさか料理ができないとは……。しかも手伝ってもらったとはいえ、肉じゃがの作り方も覚えていないなんて。

どうする？　俺も一応自炊しているとはいえ、基本的には惣菜《そうざい》頼りだ。人に教えてあげるほどの知識がない。

だがそこでハッと気付く。

知識がなければ調べれば良いじゃないか。

俺はポケットからスマホを取り出した。

これぞ現代知識の結晶の板。大体の疑問はこれで解決する。デタラメ情報も混じっているのが玉に瑕《きず》だが、料理に限ればそれは低確率だろう。

「俺もわからないので調べましょう」

検索画面を開いた瞬間、ふとあることが頭を過《よぎ》った。

「ちなみに、二人がいつ帰ってくるかは聞いてないんですか？」

「それがサッパリで……。今回の出張はいつもより長引いてるのでちょっと心配なんです」

「連絡手段は？」

「絶対ゲームに課金するから――と言われて、二人が留守の時はスマホを持たせて貰《もら》っていないんです……」

もう扱いが小学生じゃん……。

とりあえず、ルフさんがスマホを持っていないなら俺が調べるしかない。

ちなみに、惣菜を買うという選択肢は今は考えていなかった。

基本的にその日限りで長持ちしないし、割と良い値段になるし、俺の手持ちも無限ではないので、他人のために惣菜を買うわけにもいかないのだ。

やはり二人が帰ってくるまでは、ルフさんには自炊で何とか凌《しの》いでもらいたい。

……何で隣に住んでいるだけの俺が、こんなことを考えなきゃならんのだ。

ちょっと冷静になってしまったが、まぁいいや。そもそもティトリーちゃんとネロリーちゃんがしっかりしすぎているだけの説もある。

再び検索画面に視線を戻した俺は、初心者でも作れそうな料理をサッと調べてみる。

ん、これは――。

しばらくスクロールしていって、ある写真で目が止まった。

「森江《もりえ》さん。カレーは好きですか？」

「カレー！　大好きです！」

「三日くらい続いても？」

「全然問題ありません！　ていうかそうですよね！　カレーなら一度作って保存しておけば後は温めるだけでイケる……。渡良瀬《わたらせ》さんナイスアイディアです！」

「ど、どうも」

俺の発言の意図を即座に理解してくれたルフさん。察しは良いみたいで助かる。しかもこんなに喜んでくれるとは。

「頼りになるお隣さんがいてくれて……本当に助かります」

「……どうも」

そこまで言われるとさすがに照れてしまう。ただ、俺にできることをやっているだけなのに。でも、悪い気はしない。

そんな気恥ずかしい気持ちを誤魔化しつつ、早速俺たちはカレーの材料を買い物カゴに入れていくのだった。

途中、立ち止まってお酒の棚をちょっぴり物欲しそうな顔で見ていたのは、あえて見ない振りをしたけれど。さすがにそれは自分で買ってください……。


アパートに戻ってその日は解散。

ちなみに明日の朝食用に菓子パンを買ったので、もうしばらくルフさんが飢えることはないだろう。

ただ明日の昼、カレー作りを手伝いに行くことになってしまった。

本人曰《いわ》く、作り方がわからないらしい。

俺も自分で作ったのは小学生の宿泊研修の時しかないんだけど、明日は学校が休みだから引き受けた。

まぁ、スマホで検索すればすぐにわかるだろうし。

……今のうちにちょっとだけ予習しておくか。

俺は布団《ふとん》の中で、しばらくカレーを作る動画を見るのだった。


次の日。約束の昼前に玄関を出た俺は、約十二時間ぶりにルフさん宅のドアの前にいた。

「こんにちは。渡良瀬です」

「お待ちしてました！」

呼び鈴を押したら、待ち構えていたかのようにすかさずルフさんがドアを開ける——って、うわぁっ⁉

思わず悲鳴を上げてしまうところだったが、何とか口から出すのは堪《こら》えることができた。

俺が何に驚いたかというと、ルフさんの格好。

初日に見た時と同じように、とても際《きわ》どいものだったからだ。

だから何で、そんなネグリジェで人前に出てくるんだ⁉　下着と変わらないじゃん⁉

しかも、ちょうど俺の目線の高さに谷間があるものだから非常に困る。

ルフさんの普段の態度が奥ゆかしいというかモジモジしているというか——そんなんだから、余計にギャップを感じてしまうし。

エルフの羞恥心ってよくわからん……。

そんな凄《すご》い格好をしているルフさんは自分の格好をまったく気にする様子もなく、「どうぞどうぞ」と俺を部屋の中に招き入れた。

こんな場面を人に見られようものなら、いらぬ誤解をされてしまうことは明白だ。特に水瀬《みずせ》さんには絶対に見られたくない。そこから早崎《はやさき》さんに情報がいきそうだし。

「お邪魔します！」

俺は多少前のめりで玄関に入り、すぐにドアを閉めた。

ふう……。と安心してもルフさんの格好が変わるわけではないので、俺の焦《あせ》りは相変わらず継続中だ。

――って、うわぁっ⁉

本日二回目の心の悲鳴の原因は、部屋に散乱したお酒の缶とお菓子の袋――の残骸。

ガチでニートしてるな⁉　しかもあのお酒の缶、何か度数がやたらと高いやつだし！

俺はまだ飲める年齢じゃないけど、ネットでよくネタにされてるから見たことがあるぞ！

ていうか、エルフもあんなお酒を飲むんだな……。俺の中のイメージとしては、ワインを優雅に飲んでいてほしかったのだが……。現代日本の生活に染まりすぎでは？

さすがに俺の視線に気付いたのか、ルフさんはハッとした表情になった後。

脱兎《だっと》の如《ごと》く部屋に舞い戻り、シュババババッ！　と散乱したゴミを瞬《また》く間に片付けていく。

素早い!?　これがエルフの本気か!?　絶対に素早さ補正かかってるだろ！

とゲームのような思考になっていたら、既に部屋は綺麗《きれい》になっていた。

そしてルフさんは何事もなかったかのように、笑顔でまた俺の前に舞い戻ってくる。

「今日はよろしくお願いします！」

やたらテンション高めにお願いしてくるルフさん。顔もニッコニコだ。むしろ「先ほどの光景は見なかったことにしろ」という圧を感じる。

ちょっぴり怖さを覚えたので、それについては何も言わないでおこう……。

それはともかく、やはり問題は彼女の格好である。

うん……。ちょっと俺の方が無理かも。これでは料理を作るどころではない。

「あの……。余計なお世話かもしれないんですが、着替えた方が良いと思います……」

良い言い回しが思いつかなかったので、結局ストレートにお願いをすることになってしまった。

いや、俺に下心はないいんですむしろ逆です！

ルフさんは一瞬ハッと目を見開いた後、自身の体をマジマジと見下ろす。

「た、確かにそうですよね。これだと料理の時に火傷《やけど》しちゃうかもしれないし。ちょっと着替えてきます」

そういう意味で言ったわけじゃないんだけど……。まあ、着替えてくれるなら何でもいいや。

「お待たせしました！」

やけに早いな⁉　とそちらに視線を向けると――。

そこには、先ほどの格好にエプロンを着けただけのルフさんが立っていた。

俺が思ってた着替えと違う。

でもルフさんの笑顔は純度百パーセント。心から『これで大丈夫』と言わんばかりだ。

もう、それでいいです……。

横から見るとまだ太腿《ふともも》とか丸見えですよ、と指摘する気力が残っていない。まあ、谷間が見えなくなっただけでもまだマシだろう。そう自分に言い聞かせるしかなかった。

俺が何とも言えない気分になっている間、ルフさんは昨日買った食材を冷蔵庫から取り出してきた。

タマネギとニンジンとじゃがいも、そして牛肉。極めてオーソドックスなカレーの材料だ。

ちなみに俺の実家では、コーンやブロッコリーやほうれん草やエビが入っていたり、チーズやゆで卵を後で載せたりと、毎回微妙にマイナーチェンジされたものが出されていた。

今思えば、アレは母親の好みだったのだろうな。

「それでは早速作っていきましょうか」

「はい！　じ、実は昨日の夜から楽しみにしてまして……。包丁を研いで待ってたんですよ！」

その姿を想像するとちょっと怖い。ていうか、料理はできないのに包丁の研ぎ方は知っているのか。

「包丁を研げるんですね。俺、やったことないです」

「ゲームでいっぱい見ましたから！　包丁じゃなくて武器の手入れですが」

知識の仕入れ先がそれでいいのか⁉　いや、実際にできているなら文句はないんだけど……。

「そ、そうですか」

かろうじてそう返事するのが精一杯だった。

気を取り直し、ポケットからスマホを取り出す。続けて野菜の切り方が書かれた画面を表示した。昨日の夜に調べておいたのだ。

俺が切っても良かったんだけど、ルフさんが包丁を持ってやる気モードになっているので、ここは本人にやらせた方が良いだろう。

俺が表示したスマホの画面を見ながら、早速タマネギから切っていくルフさん。

それまでのゆるゆるな笑顔から一転、真剣な表情だ。

しかしこっちも手伝う気満々でやって来たのに、スマホの画面を提供するだけというのはちょっと拍子抜けだ。

それにルフさん、包丁を慎重に扱っているせいで、切るのがめっちゃ遅い。

加えてタマネギの成分が目に染《し》みるらしく、何度も涙を拭っている。

タマネギが原因とはいえ、人が涙を流しているところを見るとちょっと焦ってしまうな……。

とにかく、このままだと凄く時間がかかってしまうのは明白だ。やっぱり俺も何か手伝わないと。

「俺、じゃがいもの皮を剝《む》いておきますね」

「ありがとうございます。助かりますう！」

ルフさんの返事には安堵《あんど》が含まれていた。やはり不安だったみたいだ。

じゃがいもの皮をピーラーで剝きながら考える。

俺は引っ越してきてから、ご飯を炊くかお湯を沸かすくらいしかしていない。それなのに、本格的な調理を自分以外の人のためにすることになるなんて。

しかも、エルフと一緒に。

というかこれから先も、俺の色々な初体験にエルフが付随することになりそうな予感がする。

改めて思うが、何なんだこの状況？

仮に俺がマスコミの人間だったら『スクープ！　田舎のアパートで暮らすエルフを発見！』みたいな見出しで特集していたかもしれない程度には普通じゃない。

というのに、このアパートの住民を含めた地域の皆さんは、まったく騒ぎ立てる気配がないんだよな。本当に謎だ。

「わ、渡良瀬《わたらせ》さんとこうして一緒にご飯を作っていると……」

タマネギを切りながら、唐突にポツリと呟《つぶや》くルフさん。

「ん？」

しかし、しばらく待ってもその言葉の続きがこない。

どうしたんだ？　言おうとしたことをど忘れしたの？

俺がそう考えたタイミングで、ルフさんはちょっぴり顔を横に逸《そ》らして続けた。

「しっ、新婚さんみたいだなって……」

「―――!?」

いきなり何言ってんのこのエルフ!?　新婚!?

新婚――。

新婚って？　新婚って何だっけ？

いや落ち着け俺。新婚は新婚だ。そこに大きな意味も小さな意味もない。

つまり、結婚したばかりの人のこと――。

って、結婚!?

いかん。自分の思考に自分で大騒ぎしてどうする。一旦落ち着け。落ち着こう。

というわけで小さく深呼吸をして酸素を補給。

……………よし。

ちょっとだけ落ち着いたところで、もう一度今の言葉を考えてみる。

ていうかもしかして俺……ルフさんにそう想《おも》われているってことか？　今のはそういう意味なのか!?

『実はここで暮らし始めてから、隣の部屋に若い男の人が入ったのは渡良瀬さんが初めてなんです』

いつぞやのネロリーちゃんの言葉が急激に蘇《よみがえ》り、俺の頭の中でリフレインする。

あの時は全然そういう意味に捉えてなかったんだけど――やっぱり俺に気がある……ってことなのか？

ヤバい。意識したら急に胸がドキドキしてきた。ルフさんの顔をまともに見ることができないほど恥ずかしい。顔が赤くなっているのが自分でもわかる。

でも決して嫌というわけではない。というかむしろ――。

………。

…………あれ？

ちょっと待て。早まるな俺。

そこではたと、ある可能性に行き着いてしまった。

「あの、もしかしてだけど、この状況もゲームで見たとか……ですか？」

「――――っ！」

真っ赤に染まったルフさんの顔がなによりの答えだった。

おい、マジかよ……。

いくら何でもゲームの世界大好きすぎない？

真面目に考えてドキドキしてしまったじゃないか。俺のトキメキを返してほしい。

いや、別にがっかりしたわけじゃないんだけど。ほんのちょっぴり期待してしまっただけで――って、俺は誰に言い訳してるんだ。

「わ、渡良瀬さんと一緒にいると、様々なゲームのシーンを再現できて嬉《うれ》しいです……」

続けてルフさんが放った言葉には、彼女の心からの笑顔が付随していた。

まぁ、ルフさんがそこまで嬉しいのなら、別に悪い気はしないかな。

「それは何というか、良かったです」

気恥ずかしいのを誤魔化すために、俺はじゃがいもの皮を剝くことに専念するのだった。

野菜を切り終えて水と共に鍋に投入。しばらく煮込んでいると、蓋をしている鍋から野菜の甘い匂いが洩《も》れ始めた。

こういう香りで自分が『料理をしている』って気分がより高まる。

しかし、毎日これらの作業をやっていた母親って凄《すご》かったんだな、と改めて思ってしまった。今度実家に帰ったら手伝ってみよう。

「あっ……」

唐突に声を上げるルフさん。彼女はカレーの箱を手に持った状態で佇《たたず》んでいた。

「どうしたんですか？」

「え、えっと……。カレーの箱の裏に作り方が書いてありました……」

「………」

俺がわざわざスマホで調べなくても良かったということか。

親切なんだな、日本製品……。

ま、まぁ俺もカレーの作り方を覚えることができたわけだし、無駄ではなかったということで。

気を取り直して、火を止めてからカレールゥを割り入れる。当たり前だけどめちゃくちゃカレーの匂いがする。この台所だけでなく、外にも匂いが洩れているだろう。

適度にかき混ぜたら、ついにカレーが完成した。

「やった！　できました！　渡良瀬さんのおかげです！」

鍋の前で無邪気に喜ぶルフさん。

色々あったけど何とかやりきった。俺も手伝った甲斐《かい》があるというものだ。

「これで当分飢えなくてすみますね」

「はい！　本当にもう、渡良瀬さんには何てお礼を言ったら良いか……。是非このままカレーを食べていってくださいね！」

「大丈夫ですか？　俺が食べたらその分少なくなりますけど」

「あっ……。ぜ、全然問題ないです！　だから一緒に食べましょう！」

今の返答から察するに、そこまで考えていなかったな。まぁガツガツ食べる気はないし、せっかくなので食べていこう。

と思っていたのに、俺たちはとても大切なことを忘れていた。

ご飯を炊いていないことに――。

そんなわけでしばらくの間、俺たちは沈んだ表情のままご飯が炊けるのを待ち続けるのだった。


ご飯が炊けた後、改めてルフさんと一緒にカレーを食べた。

料理の素人《しろうと》同士が作ったのに、そんなことは関係なく美味《おい》しかった。

カレーって偉大だな……。

よし、俺も今度真似《まね》して作ってみよう。

美味しい美味しいと食べ続けるルフさんを見ながら、俺もついに自炊することを決意した。


次の日、ティトリーちゃんとネロリーちゃんが菓子折りを持って「私たちの不手際《ふてぎわ》で、ご主人様がご迷惑をおかけしました」と頭を下げに来て、今回の『ルフさん餓死直前騒動』は終わりを迎えた。

どこに行っていたのか気になっていたのだけど、二人がひたすら謝り続けるものだから聞くに聞けなかった。

まぁ、何とかなったから良いか。

二人から貰《もら》ったお菓子は煎餅だった。ここらの地域の物なので、慌ててその辺の店で買ってきたのだろう。

しばらくの間、俺の部屋には煎餅を囓《かじ》る時の良い音が響くのだった。

六話　女子会

「渡良瀬《わたらせ》くん」

学校の休み時間。

次の授業の用意をしていると、水瀬《みずせ》さんが背後から声をかけてきた。

「何？」

「次の土曜日、暇？」

水瀬さんのひと言で、途端に教室中の視線がこちらに集まる。

いつの間にかクラスの皆には、俺たちが同じアパートに住んでいるという情報が知れ渡っているらしい。

それだけなら別に構わないのだけど、最近は『その先』の展開を期待している気配をちょっと感じるんだよな……。特に女子から。

別にそういうのじゃないんだけどなあ。

いや、水瀬さんのことが嫌いなわけではないし、むしろ好きな方なんだけど……。でも恋愛的なものじゃなくて、俺にとっては気軽に話せるご近所さんなんだよ。

　皆の前で堂々と誘ってくる水瀬さんも水瀬さんだが、彼女は鈍感なタイプということが俺の中で確定しているので、わかってもらうのはなかなか難しいかもしれない。

　とはいえ、やはり注目されていることにはちょっと気付いてほしいかも。こういう場面を早崎《はやさき》さんに見られたら怖いし。

　それはともかく返事だ。

「えっと、暇と言えば暇かな」

　もったいぶって言ってしまったが、実のところ普通に暇である。

　でも、なぜか堂々と「暇だよ」とは言えない複雑な男子高校生の心。

「それなら良かった。あのね、ルフさんの所で女子会しようって話になったの。渡良瀬くんも良かったら来ない？」

　ウキウキと続けた水瀬さんの言葉に、思わず耳を疑ってしまった。

「待って。女子会？　それって俺が行ったらマズくない？」

「私も最初はそう思ったんだけどね、渡良瀬くんなら誘っても良いかってなったの」

　誰がそんな提言を？　いや、おそらくルフさんだろうけど。

　クラスメイト達からの興味津々《きょうみしんしん》な視線が痛い。

一つ返答を間違えば、これから当分の間は話のネタにされることは確実だろう。

「ちょっと考えさせて……」

「いいよ、返事は急いでないから。何なら当日でも良いし」

「わかった」

期日がだいぶ緩い。まぁ、どうせ同じアパートだしな。

水瀬さんはひらひらと手を振って自分の席に戻っていく。

そのタイミングで次の授業を告げるチャイムが鳴り、皆からの視線を受けて気まずかった俺は、ちょっと救われたのだった。


結局、返事をしないまま金曜日の学校も終えてしまった。

水瀬さんもあれから何も言ってこないし、俺が参加するかどうかは割とどうでも良いのかもしれない。

いや、でも名目上は女子会だぞ？　本当に俺が参加しても良いのか？

部活を終えて帰宅している最中も、家に帰ってからもそのことで頭がいっぱいになってしまった。

そもそも女子会って何をするんだろう？　まったく見当がつかない。

お喋《しゃべ》り？　それともデザート的な物を食べる会？

せっかく誘ってもらってるんだし、やっぱり行った方が良いのか？

でも俺が行くことで、ルフさんと水瀬さん以外の人がどう思うのかわからない。そもそも参加者が誰かもわかっていないのに。

あ、早崎さんはいるだろうな。

そうなると、やっぱりやめた方が良いような……。

布団《ふとん》の中に入る段階になっても、俺はぐるぐると女子会について考え続けてしまうのだった。

そしてやってきてしまった土曜日。

結局答えは出せないままだった。ここまで自分が優柔不断になったことは、過去にもないかもしれない。

朝食と着替えを終えて、部屋でボーッとしていると――。

「渡良瀬くん、おはよー」

呼び鈴の音と同時に、水瀬さんの溌剌《はつらつ》とした声が外から聞こえてきた。

途端に鮮明になる俺の意識。

うわ、どうしよう。本当に来てしまった。

ドアを開けると、やけに上機嫌な水瀬さんの姿が。

「おはよう。えっと、これってやっぱり……」

「うん。女子会どうするのかなって」

「実は俺が本当に参加して良いのか、ずっと悩んでて……」

「ありゃ、そうだったんだ。でも渡良瀬くんの分のお菓子も買ってきたんだよね」

「謹んで参加させていただきます」

それを聞いてしまったら辞退はできない。たとえお菓子といえど、一人暮らしの俺にとっては貴重な食料。

俺はすぐに靴を履き、水瀬さんの後に続く。

女子会の会場は隣のルフさん宅。水瀬さんが先頭に立って呼び鈴を鳴らすと、水色の髪のティトリーちゃんがすぐに姿を現した。

「お待ちしておりました。どうぞ中へ」

「お邪魔しまーす」

玄関には、既に幾つか女性用の靴が置いてある。

と同時に、中から「キャハハハ！」という甲高い笑い声が響いてきてビックリした。

今の声は……。

「おっ。ご新規様二名やって来たじゃーん。こっちこっちー」

俺たちに気付き、おいでおいでと手を振る鹿取《しかとり》さん。

床に片膝を立てて行儀悪く座る彼女の前には、お酒の缶が三本転がっている。

おおぅ……。朝から飲酒ですか……。

「あ。朝から飲んでるって思ったっしょー？　残念ー。仕事帰りなのでアタシにとっては今は夜でーす」

「そ、そうですか……」

「でも、飲み過ぎはあまり良くないよ、鹿ちゃん。お仕事でも飲んできたんだよね？」

ルフさんが窘《たしな》めるが、鹿取さんは「へーきへーき。まだまだ序の口」と言って新しい缶に手を伸ばす。

うーん。まだお酒が飲めない俺には、サッパリ理解できない感性だ。

それにしても、ルフさんは鹿取さんに対してはおどおどせず普通に喋るんだよな。

この前のバーベキューの時も仲が良かったし、大人同士何か通じるものがあるのかもしれない。タイプは全然違うけど。

「ルフさん。お菓子買ってきました」

「ことりちゃんありがとー！　ネロリー、受け取って」

「はい。こちらでいただきます」

まるでメイドさんのように、水瀬さんからお菓子が入ったスーパーの袋を受け取るネロリーちゃん。

ルフさんはニートでダメなエルフなのに、ティトリーちゃんとネロリーちゃんの主人であることは確かなんだよな。改めて、三人の詳しい関係が気になる。

「すみません。俺は何も用意できてなくて……」

「全然気にしないでいいって。どうせルフちゃんが無理やり呼んだんでしょ？」

鹿取さんが笑いながら言ってくれたので、ちょっとだけ救われた。

「む、無理にとは言ってないよ⁉」

「はいはいわかりました。あとはいっちゃんと羽椰世《はやせ》ちゃん、だっけ？」

「そうだね」

いっちゃんというのは、おそらく市場《いちば》さんのことだろう。

羽椰世ちゃんは言わずもがな。

「あっ。羽椰世ちゃんはちょっと遅れるって、さっき連絡が」

水瀬さんがスマホを取り出して告げると、鹿取さんは軽く手を上げた。

「了解～。そんでルフちゃん。永島《ながしま》さんは？」

「永島さんにも声をかけたんだけど、今日はお孫さんの所に行くらしいから……」

「あー。それなら仕方ないね」

つまり、このアパート住民に早崎さんが加わった女子会、ということか。

そうなると市場お兄さんだけ仲間外れにしているみたいで、かなり申し訳ない気が……。この間バーベキューを開いてくれたのに……。

「ちゃーっす！　やって来たよー！」

考えていたら、市場お姉さんの方がやって来た。相変わらず青いインナーカラーの髪が目を惹《ひ》く。

これまた両手にスーパーの袋をぶら下げていて、中にはたくさんのお菓子とペットボトルのジュースが透けて見える。

「おっ、本当に少年がいる。今日はよろしくねー」

「お邪魔してます」

市場お姉さん、間近で見るとやはりまだまだ若い。でも既婚者なんだよな……。

そのステータスがあるせいか、ルフさんや鹿取さんよりしっかり見えてしまう不思議。年齢はおそらくこの二人より下なんだろうが。

そもそも、ルフさんの年齢って幾つなんだろう。早崎さんのお祖父《じい》さんの代からいるって言ってたもんな。

いつ頃、何の目的があってここに来たのだろうか。

未《いま》だにわからないし、この辺の住民がまるっと存在を受け入れているのも謎だ。なのに、なぜか直接聞く勇気が出てこない。

まるでそれ事態が触れてはいけないものであるかのような——。

「それじゃあ羽椰世ちゃんは遅れて来るってことなので、始めちゃいましょうか、女子会！」

「「いえええええい！」」

ルフさんが宣言すると、途端に盛り上がる俺以外の面々。

やっぱり俺、場違いなのではなかろうか？　途端に居心地が悪くなってきたぞ。

「皆さん、スコーンが焼けましたよ」

キッチンから大皿を持ったネロリーちゃんがひょっこりと現れると、さらに皆のテンションは上昇。万雷の拍手が鳴り響いた。

「ネロリーちゃん、さすが！」

鹿取さんがピュイイッと指笛を吹く。

酔っ払った夜職の人のテンション、凄《すご》いな……。

「紅茶やコーヒーも用意するので、遠慮無く言ってくださいね」

ティトリーちゃんが続けると、皆が一斉に挙手をする。

「私コーヒー！　ブラックで！」

「紅茶！　砂糖マシマシで！」

「ごめん！　先に水が欲しい！」

「はいはい。順番に聞きますから待ってくださいね～」

まるで喧《やかま》しい幼稚園児を前にした先生のような態度で、ティトリーちゃんはニコニコと皆の要望を聞いていく。

姿は子どもなのに大人だ……。

そんなこんなで、俺だけが落ち着かない女子会が始まったのだった。


女子会というのは『何かを決めて皆で一緒にやる』というものではないらしい。

その時間のほとんどはお喋りだった。

お菓子を食べながら、そして喉を潤しながら絶えず続く言葉の応酬。その内容も特に意味があるものではない。

それぞれの身近な出来事を、大げさに、かつ面白く表現。聞いている者は共感して頷《うなず》いたり疑問の声を上げたりと反応はするが、大体の話題はすぐに終わる。

そう。各自が思い思いに喋るだけで満足しているようなのだ。

たとえば鹿取さんが喋った内容。

「今日の客さー、五十代のおじさんがカバンの中にちっちゃい象のぬいぐるみを入れてさー。カバンの中からつぶらな瞳がこっちを見てるのが超可愛《かわい》くて。聞いたらストレス軽減のためらしくてさー。天才じゃね？」

というものなのだが、皆は「それ確かに精神に良さそう」「おじさん可愛い」「私もやりたーい」という反応をした後。

各々《おのおの》が飲み物やお菓子を口にしたら、「それでねー」ともう次の話題に移ってしまったのだ。

俺としては、もっとその話題を広げても良いのではと思ってしまったのだが——。かといって無理やり話題を戻すわけにもいかないので、ただ皆の話を聞く頷きマシーンと化していた。

これが女子たちのお喋り……。

俺は話すのが得意というわけでもないので、ここは聞くことに徹しよう。

というか、俺がこの場に呼ばれた理由が本当に謎なんですけど。

誰だよ。俺を女子会に呼ぼうと言ったのは。

……ルフさんだった。

その当事者の顔を見る。

彼女はキラキラとした目で座っていた。本当に目の中に星が宿っていた。こんなに人の目って輝くものなんだ……。いや、人ではないが。

キラキラな目のルフさんは、コップに注いだお酒（やっぱり度数強めのやつ）をクイッと飲んでから、ぽそりとひと言。

「これがゲームで見たことがある女子会……。夢みたい……」

やはりゲームに触発されていたのか。そろそろ慣れてきたぞ。

「ねえねえルフちゃん」

ルフさんに呼びかけながら隣に座る市場お姉さん。

お酒のせいか、彼女の顔は湯上がり直後の如《ごと》く赤くなっている。

「なに？」

「コップ置いて」

「……？　はい」

市場お姉さんの言うことに素直に従い、簡易テーブルの上にコップを置くルフさん。

と次の瞬間。

「てりゃ！」

気合いの掛け声と共に、いきなり市場お姉さんがルフさんに抱き付いた！

「――――!?」

ルフさん本人はもちろん、見ていた俺たちもビックリだ。

「あーしは、ルフちゃんの笑った顔が好き」

「へっ!?　あ、ありがとう……？」

「だからぁ、もっと見たいなぁ。っつーわけでこしょこしょこしょ～！」

「ひゃああっはははははは！」

脇を擽《くすぐ》られ、部屋に高らかに響くルフさんの笑い声。

っつーか、いきなり何してんの本当に!?

「あっはははは！　わ、妾《わらわ》、そこは弱いんだけどあはははははは！」

笑いながら言うルフさんも、やられっぱなしではなかった。

すかさず市場お姉さんの脇腹に手を伸ばす。

「きゃあッはははははは！　ルフちゃん、ちょい待ってあはははははは！」

若い人妻とエルフがこんな子どもみたいな揉り合いをしているのは、世界広しといえどもここだけではなかろうか。

というか、大人の女性ですよねあなた達？

「私もやるー！」

と、嬉々《きき》としてそれに加わる鹿取《しかとり》さん。

が、すぐにルフさんの反撃にあってさらに笑い声が重なることになってしまった。

「ひぃッ!?　ひひふふふふははははははは！」

「こ、ことりちゃん助けてッ……！」

「ええっ!?」

と鹿取さんは水瀬《みずせ》さんに助けを求めて腕を掴《つか》む。

水瀬さんはそれに抵抗する間もなく、揉りの輪の中に加えられてしまった。

「反撃！　反撃して！」

「にゃあッははははは無理ですって！　無理！　ネロリーちゃん助けて！」

「わっ、私ですか!?　うっひゃぅ!?」

水瀬さんに手首を握られ、無理やり盾にされるネロリーちゃん。

とうとう女性五人による揉り合いにまで発展してしまったぞ。

俺は一体何を見せられているんだ……。

このままではヤバい気がする。さすがに巻き込まれたくない。

俺は少しずつ後退して女性陣から距離を取る。

すり足で気付かれないよう、少しずつ少しずつ離れていって――。

トンッ。

背中に走る硬い衝撃。振り返ると、ルフさん自慢のゲームコレクションの棚がすぐ背後にあった。

相変わらず凄い数のゲームだ。よくこんなに集めたよなあ。

…………ん？

ズラリと並んだゲームのパッケージの中。

タイトルも何もない物が、一つだけ紛れていることに気付いた。

好奇心を刺激され、咄嗟《とっさ》に手に取ってしまった。

箱の表にも裏にも情報は一切ない。これだけを見ると、ただの白いプラスチックの箱だ。

何だろう、このゲーム。中を見ればわかるか？

俺はそのままプラスチックの箱を開こうとして――。

「――――ッ⁉」

開こうとして――開けなかった。

なぜなら、ティトリーちゃんが俺の真横にいてジッと見つめていたからだ。

いつの間にそこに？　というか、目が据わっててちょっと怖いんだけど⁉

「渡良瀬《わたらせ》さん。勝手にご主人様のコレクションに触れるのはやめてくださいねー」

「すっ、すみません……」

言われて慌てて棚に戻す。確かに勝手に触るのは行儀が悪かったよな。

「わかれば良いんです」

ニッコリと笑うティトリーちゃんの顔は、既にいつものものだ。

でもなぜか、俺は肉食動物を前にした草食動物のような気持ちになっていた。

雰囲気が、怖い。

これはかなりガチめに怒ってるやつだ……。そんなに触ってはいけない物だったのか。

もしかしたら、とても価値があるゲームが入っていたのかもしれない。

そんな縮こまる俺を助けたのは、呼び鈴の音だった。

すぐにパタパタと玄関に向かうティトリーちゃん。

ちなみに、他の女性陣はまだ擽り合戦中だ。今の呼び鈴の音も、お互いの笑い声で聞こえてなさげ。

「こんにちは。遅れました——」

現れたのは、紙袋をぶら下げた早崎《はやさき》さん。

正直、最悪なタイミングで来ちゃったかもしれない。

というのも、彼女の大好きな水瀬さんが——。

「はぁっ……はぁっ……。やっ……も、もうダメ……」

擽られた影響で、息遣いがかなり妖しい感じになっていたからだ。

ボトリ、と手土産の紙袋を落とす早崎さん。

ショックからか目の光が消え、口もポカンと開けている。

やがてふるふると体が震えだし——。

「な、何やってるんですかあああああっ⁉」

早崎さんの絶叫がアパートに響き渡るのだった。


その後、何とか早崎さんの誤解を解いて女子会は継続。

「もうもう……！　本当に心臓が止まるかと思いましたよ！　私のことりちゃんに何てことをしてくれるんですか！」

とはいえ、早崎さんはまだぷりぷりと怒ったままだけど。

しっかりというかちゃっかりというか、水瀬さんにギュッと抱き付いている。

てか、どさくさに紛れて『私のことりちゃん』って言ったな……。

水瀬さんはその件についてはスルー。たぶん気付いていない。彼女の鈍感さにはある意味尊敬してしまう。

「羽椰世《はやせ》ちゃん、何か心配かけちゃってゴメンね。でも楽しかったよ？」

「そっ、そんな……!?　ことりちゃん。悪い大人たちに感化されちゃダメだからね!?」

「えー。あーしたちとても善良な大人だよお」

とは市場《いちば》お姉さん。赤ら顔でお酒を飲みながら言われても、説得力が全然ない。しかも最初に仕掛けた張本人だし。

「そうそう。ここのアパートはみんな良い人だから。ってわけで、羽椰世ちゃんにも、えいっ！」

「わひゃうっ!?」

急に水瀬さんから脇腹をつつかれ、悲鳴を上げる早崎さん。

「こ、ことりちゃんっ!?」

さすがに早崎さんも怒るか？　とちょっとヒヤヒヤしてしまった俺だが——。

「えへへー」

そこで水瀬さんがいたずらっぽくペロッと舌を出した。

あ……。大丈夫だな、これ。

俺の予想通り、早崎さんは水瀬さんのその表情に完全にやられてしまったらしく。

「……満点。宇宙一かわいい。今のもう一回やって」

高速でスマホのカメラを構え、真顔で水瀬さんに迫る早崎さんだった。

そんな彼女たちを眺めつつ、鹿取さんがおもむろにチョコレートを頬張る。

「うーん。甘いですなあ」

チョコレートに対する感想なのか、はたまた女子高生二人に対する感想なのかは不明だ。

「ところで森江さん。さっきから飲みすぎじゃないです？」

俺は今のやり取りの間も、ひたすら酒を口に運んでいたルフさんにそっと声をかける。

「ぜ〜んぜん。大丈夫ですよ〜。いつもよりちょ〜っとだけ多く飲んでるだけだし〜！」

「ご主人様。『ちょ〜っとだけ』じゃなくて『かなり』です」

横からネロリーちゃんが訂正するが、ルフさんは意に介さぬまま。

「そうだっけ〜？　でも確かに、眠くなってきた……かも……」

ルフさんがそう言った直後。

ふらり、と。

まさかいきなり、こっちに倒れてくるなんて予想もしていなかったわけで。

「森江さん⁉　大丈夫ですか⁉」

彼女の頭の重みが、肩にずしりとのしかかる。

「すぴー……」

「…………」

いや、人の肩でいきなり寝ないでくれます⁉

というか、顔が近くて落ち着かない！　髪が首元に当たって擽ったいし！　お酒の匂いに混じって、花のような甘い香りが漂ってくるのも何か……胸がムズムズする！

「おやおや」

「あらあら」

口元に手を当て、ニヤニヤとこっちを見つめる市場さんと鹿取さん。

そんな目で見るのはやめて⁉

「まあ、ルフちゃんはしばらくそのままにしといてあげよう」

「えっ――？」

何言ってるの鹿取さん。いや、俺が困るんですけど。何より落ち着かないし！

「そうですね。ご主人様は無理やり起こすと、突然奇行に走るのでそのままの方が良いかと」

ティトリーちゃんもうんうんと頷《うなず》きながら、鹿取さんの意見に賛成してしまった。

マジか……。

「ちなみに、どんな奇行を？」

「割り箸をフランスパンにぶすぶす刺したりとか、炊飯器に塩をふりかけたりとか……」

本当に奇行だった……。でも、ちょっとだけ見てみたいかもしれない。

ただまあ、他の奇行に走られてもそれはそれで困るだろうし。

仕方なく俺は、そのままルフさんの枕代わりになることにした。

ただ、間近で聞こえるルフさんの寝息から意識を逸《そ》らすのに精一杯で、その後のことは全ッ然覚えていない。気付いたら夕方で、自分の部屋に戻っていたのだった。

楽しかったというよりも、精神的にどっと疲れてしまった。女子会、もし次回誘われても断ろう……。

そう決意した数時間後――。

『にゃあああああああああ!?　私は何てことををををををををッ!?』

『声が大きいですって！』

ルフさんの珍妙な絶叫とティトリーちゃんの諫《いさ》める声が、壁の向こうから聞こえてきた。

たぶん、正気に戻ったルフさんが照れて絶叫したのだろうなあ……と、何となく察しがついてしまった俺だった。

七話　ホームセンター

勉強はともかく、部活は順調でそれなりに楽しい日々を過ごすこと数日。

今日の食材確保のための買い物は昨日まとめて済ませていたので、久々に学校から家まで直接帰る。その最中――。

トントンと表現するには軽すぎて、ドンドンと表現するにはちょっと重い。そんな音が、アパートに近付くにつれて大きく聞こえてくるようになった。

リズム良く何かを打ち付ける音は、俺の歩く速度と重なって響き続けている。

どこかで大工さんが作業でもしているのだろう――と、それ以上深く考えることはなかったのだが。

その音がアパートに近付くにつれ、明らかに大きくなっていることに気付いた。

うちの近所で作業をしているのかな。アパートに着いてもその音はやまない。

というかこの音、アパートの裏側から響いていないか？

さすがに気になる――というわけで、いつもは玄関に一直線なのだが、アパートの横を通り過ぎていくことに。

ちなみに、一階の裏は砂地のテラスになっている。

一階のテラスは、お隣さんとの仕切りがないのでいつでも開通状態。物干し竿《ざお》だけが、それぞれの部屋の前に並んでいるという景観だ。テラスというより、アパート共通の庭と呼んだ方がしっくりくるかもしれない。

俺は毎日洗濯をしているわけではないし、平日は室内干しなので、洗濯物をテラスに干すのは晴れた日の休日だけだ。まだそれほど馴染《なじ》みのある場所ではなかったりする。

当然、アパートの横から行くのも初めてだ。

少し緊張しながら、いよいよアパートの角を曲がると――。

果たしてそこには、俺が見たことのない光景が広がっていた。

頭に白いタオルを巻き、長い髪を後ろで一つにまとめ、金槌《かなづち》を手に持っているルフさん。

その彼女が、一心不乱に木材に向けて腕を振るっていたのだ。脇にはティトリーちゃんとネロリーちゃんもいて、ルフさんの挙動を真剣な目で見守っている。

これは、いわゆるＤＩＹというやつでは……。

しかしルフさん、こういう格好も意外と似合うもんだな。髪をまとめているのを見るのは初めてなので、かなり新鮮だ。

一体何を作っているのだろう？

木材はなかなかに大きい。大きめな成人男性くらいはありそうだ。

作業するルフさんをしばらく見つめていたら、俺に気付いたティトリーちゃんと目が合った。

「あ、渡良瀬《わたらせ》さん。こんにちは」

「学校帰りですか？　おかえりなさい」

ティトリーちゃんに続き、ネロリーちゃんも声をかけてきた。

その傍《かたわ》らで、ルフさんだけが急にあわあわと狼狽《うろた》えだした。

「わ、渡良瀬さん⁉　どうしてここに⁉」

「いや、音が気になったので。何してるんですか？」

「えーと、ＤＩＹ？　というやつです。ゲームの棚を自作しようと思いまして」

「そうだったんだ。自作するなんて凄《すご》いですね」

お世辞ではなく、心からの言葉だった。俺は生活用品を自作しようと思ったことがないからだ。

部活で作っているのは、あくまで展示するための作品。

ナイフや彫刻刀は使えど、金槌は工程で必要がないので握ってもいない。

「あっ、ありがとうございます。とても好みの木目の板を見つけてしまったので、居ても立ってもいられず……。何度見てもこの形、芸術の塊すぎて……ほぅ……」

話の途中で、ルフさんは木材を見つめてウットリしてしまった。

そこまで良いの？

俺もチラリと見てみるが、曲線があるなぁ……という感想しか出てこない。サッパリその良さはわからなかった。

「ご主人様。手が止まっていますよ」

「というか、渡良瀬さんが帰宅する時間ということですよね。今日の作業は終わりにして、続きは明日にしてみては？」

ネロリーちゃんが言うと、ルフさんはおもむろに立ち上がり空を見上げる。

つられて俺も視線を上げると、茜色《あかねいろ》の空と薄い雲が広がっていた。

「確かにそうだね。続きはまた明日にしよう」

「あと、釘《くぎ》の残りが少ないです。買いに行かないと」

「えっ、そうなの⁉　あんなにあったのに⁉」

ティトリーちゃんの言葉に、ルフさんは一段高い声を出す。

「釘を打つ練習の時に、何本無駄にしたと思っているんですか……」

「曲げずに打ち付けられるようになったの、かなり時間が経《た》ってからだったもんね？」

二人の容赦ない暴露に、ルフさんは「うぅ……不器用でごめんなさい……」と肩を小さくしながら呟《つぶや》く。

そして今頃気付いた。棚になるはずの木材とは別に、釘が異様に打ち込まれた板が足元に転がっていることに。その板の釘はもれなくどれもが曲がっていて、ある意味釘バットよりも凶悪そうな武器に見えてしまった。

というかコレ、そこらに置いていたら何かしらの罠《わな》かと思ってしまうぞ。

これは不器用判定待ったなし。

ルフさん、慣れるまでにかなり時間を要してしまったんだな。あんな芸術作品を作ることができるのに、釘を打つのは苦手なのか。

思い出してみると確かに、俺が見た物には釘は使われていなかった。というか、金属などの人工物が一切なかったんだよな。材料は全て自然の物だった。

「明日は朝一でホームセンターですね」

ネロリーちゃんが呟いた単語に、突如として俺の心臓が跳ねた。

ホームセンター……。

「あの、良かったらですけど、俺も一緒にホームセンターに行って良いですか？」

「ほえっ!?」

 ルフさんが動物の鳴き声みたいな声を発して固まる。

しまった……。やはりこのお願いは唐突すぎたか？

「あ、無理にとは言いません。俺も部活で使う道具を買い足したいなと思っただけなので……。でもこの近辺のホームセンターの場所を知らないので、この機会に行けたら良いなぁくらいの気持ちというか……」

素直に言えないのが我ながら情けない。

場所はスマホで調べたらわかるのだが、引っ越して来てから周辺から遠出していないし、行ったことのない場所というのは、どうにも緊張してしまうというか……。

しかしルフさんの目は、俺の言葉を聞きながらどんどん輝きを増していた。

「そういうことなら一緒に行きましょう！」

「本当に良いんですか？」

「何の問題もありません！　是非！」

「それじゃあお言葉に甘えて、よろしくお願いします」

「こちらこそ！」

やけにハイテンションだ。とはいえ、俺としては助かった。

「明日の朝、出発前に声をかけますね」

「はい」

ネロリーちゃんの柔らかい声音と笑顔に、俺もホッとするのだった。


そして迎えた次の日の朝。昨日約束した通り、三人が揃《そろ》って呼びに来た。

既にスタンバイしていた俺は即座に応じ、ホームセンターに向けて出発した。

移動手段は当然のように徒歩。

思えばこの辺りは車社会なのだが、ルフさん宅には車どころか自転車すらない。

ここまで地域に溶け込んでいるエルフといえど、さすがに車の免許までは取れなかったということだろうか？　とはいえ、自転車もない理由は想像できないけど。

いや。やっぱりちょっと想像がつく。ルフさんはかなり不器用みたいだし、運動神経もあまり良くないという可能性がある。

というか、俺も自転車くらいは買おうかな。学校やスーパーは歩いて行ける距離だけど、少し遠出したい時にはやっぱり不便だし。

カラフルな髪色の三人と歩き続けること約三十分。ついにホームセンターに到着した。

敷地《しきち》内に入った俺は、思わずポカンとしてしまった。

「大きいですね……」

俺の想像より十倍はある広い駐車場。さらにその一角には、中古車が複数展示されている。

外壁の看板を見上げると、一階がホームセンター、二階は電気屋と本屋、スポーツ用品店までもがテナントとして入っているらしい。

ホームセンターというより、もうショッピングモールだ。こんな場所が家の近くにあったなんて。

「ここ、ぐるりと見て回るだけでも楽しいんですよ！」

ルフさんは既に何度も訪れていると思うのだが、『今日が二回目の訪問です！』と言わんばかりに口調がウキウキとしている。でも、その気持ちもわかる気がする。

『もしゾンビが襲ってきてホームセンターに閉じ込められたら……』という妄想を瞬時にしてしまう程度には、俺も意味もなくワクワクしていた。

「ご主人様。散策するのは目的の釘を入手してからにしてください」

「寄り道で体力を使い切って、半泣きになりながらヘロヘロでレジに向かうのが容易に予想できますので」

「……はい」

ティトリーちゃんとネロリーちゃんから文字通り釘を刺されたルフさんは、叱られた子犬のようにしゅんとする。

この二人とルフさんの関係は未《いま》だにハッキリしなくて謎だけど、二人が保護者役をしている——というのは嫌でもわかる一幕だった。


俺はホームセンター内をウロウロしている間に、ルフさんたちは早速釘を購入。

ミッションを達成した満足げな顔で、俺の元へとやって来た。

「渡良瀬さんは何を買う予定なのですか？」

「それが、見ていたら色々と目移りしてしまって……。具体的に決めずに来たせいで、どれもこれもが魅力的に見えて困ってます」

「あぁ、わかります……」

部活で使えそうな物、というふんわりした目的が災いして、目に映る物にいちいち心がときめいている状態だ。これはマズイ。

でもアウトドアナイフや鉈《なた》、手斧《ちょうな》を見て心ときめかない男子がいるだろうか？　こんなの、見た瞬間に脳内で木を切る妄想をしちゃうじゃないか。

キャンプ道具なんかさらにヤバい。部活と関係ないのに熱心に見てしまう。予算どころか予定もないのに、一式揃えてしまいたくなる。

焚《た》き火で飯盒炊爨《はんごうすいさん》するのも楽しそうだよな。肉とかも持参して焼きたい。

さらに想像は膨らみ、テントの中で寝袋に包《くる》まる自分の姿まで脳内に召喚。

……やばい。凄くワクワクしてきた。このままではキャンプ用品を無意味に購入してしまいそうだ。

本来の目的を思い出せ俺。元は部活で使う道具を探しに来たんだろう？と、自分で自分を律していた、その時。

「あ、ルフさん」

横から突如、まったく知らない男の声が聞こえた。

ルフさんと共に咄嗟《とっさ》に振り返ると、そこには俺とそこまで年齢が変わらなそうな少年が立っていた。

少年はにこやかな笑顔でルフさんを見ている。

誰だろう？　反応からして、ルフさんの知り合いみたいだけど――。

「あぁっ！　久しぶりだね、すぱろう君！」

笑顔で手を上げるルフさんの横で、俺は衝撃のあまり固まってしまった。

………………。

いや、ちょっと待て。

そのあまりにも特徴的な名前は、もしかして――。

「宮本《みやもと》すぱろう君……？」

「そうだけど……。あれ？　どこかで会ったことあったっけ？」

ポツリと呟いた俺の声に、その少年――すぱろう君は困惑しながら首を傾《かし》げる。

「ええと、俺は……。小一の時、一緒のクラスだった渡良瀬《わたらせ》亮駕《りょうが》。俺のことは覚えてないだろうけど……」

「え？　小一って……もしかして桂木坂《かつらぎざか》小学校の？　マジで？」

「マジだよ」

俺の自己紹介に、名前の通り鳥のように目を丸くするすぱろう君。

「え、本当⁉　一年生の夏休みで転校したのに、僕のこと覚えてくれていたんだ！」

「えっと……うん……」

覚えていたというより、あまりにも特徴的な名前で忘れられなかった――と言った方が正しいのだが。この場合正直に告げて良いものかどうか。

「いや、気を遣わなくて良いよ。自分の名前が変わってるのは自覚してるし。こうやって何年経っても忘れられずにいてくれるから、僕としては悪くないと思ってるよ」

「そうなんだ」

そう言ってくれると安心する。名前の問題はデリケートな部分もあるだろうし、傷つけてしまわないかと不安だったから。

「でもごめん。僕の方は君のこと覚えてないや……」

「いや、それはわかってるから大丈夫」

小一の一学期しか一緒に過ごしていないのだ。しかも、特に仲が良かったわけではない。忘れるのが普通だろう。

「それでもまぁ、あえて言うけど……久しぶり」

「うん。久しぶり」

すぱろう君も俺に合わせてくれた。

このやり取りだけで、彼が優しくて良い人だということがわかるというものだ。

「え、え？　二人はクラスメイトだったの？　こんな所で運命の再会⁉」

なぜか俺たちより興奮しているルフさん。

拳を握りながら、俺とすぱろう君の顔を交互に見やる。

「こんな場所でゲームよりゲームっぽい事象に遭遇するなんて……」

あ。やっぱりルフさんの目にはそう映るんですね。俺としては、別に嫌とか不快とかはないんだけど。

ただ、ここまで現実とゲームを結び付けるのには何か理由があるのだろうか、というのは考えてしまう。

「もっと二人の話を詳しく聞きたいな。向こうの飲食スペースに行こう⁉　奢《おご》るから！」

「お財布を持っているのは私ですけどね……」

それまで黙って成り行きを見守っていたティトリーちゃんがポツリと呟《つぶや》くと、ルフさんを除く面々は忍び笑いを洩《も》らすのだった。

プラスチック製の白い丸テーブルを囲んだ俺たちは、売店のたこ焼きをつつきながらこれまでの経緯を話していた。

「なるほど。渡良瀬君は、高校のためにここに引っ越してきたと」

「そういうこと。まさか引っ越した先が宮本君と同じ地域だったなんて」

いきなり下の名前呼びは馴《な》れ馴れしいかなと思ったので、頭の中だけですぱろう君と呼ぶことにした。

ちなみにすぱろう君の通っている高校は超進学校で、俺が通っている森里々《もりり》学校とは別とのこと。それについてはちょっぴり残念だ。

というか超進学校って、かなり頭が良いんだすぱろう君。そう言われてみると、確かに佇《たたず》まいに品がある気がする……。俺、ちょっと気が引けてきたんですけど。

「そして森江《もりえ》さんは、宮本君の曽《ひい》お祖父《じい》さんと知り合いだったと」

「うん……」

既にその曽お祖父さんは他界しているらしい。

そのせいか、ここではないどこかを見つめるルフさんの目には、様々な感傷が乗っているように見えた。

それにしても、いよいよルフさんがここに来た経緯が気になってきた。

そんなに昔からここにいて見た目が若いままなのは、彼女が人間ではないという確固たる証明だろう。

ルフさんは間違いなくエルフ。

でもやっぱり、すぱろう君もそのことについて言及する素振りはない。

「渡良瀬君って、森里々高校なんだよね？」

突然俺に振ってくるすぱろう君。俺はコクリと頷《うなず》く。

「実はあそこの近くにあるハゲ山、僕の家の所有なんだ」

「えええええ!?　そうだったの!?　凄《すご》いな!?」

これまたビックリ情報だ。

もしかしなくてもかなりのお金持ちなのか、すぱろう君の家⁉

「俺、部活であの山に入らせて貰《もら》ったんだけど……」

「それについては大丈夫。この地域一帯の人には開いてるからね。名前の通りかなりハゲた山だから、山菜が豊富に採れるわけでもないし。木の実や枝を持ち帰るくらいならどうってことないよ。遠慮せずに部活で使って」

「それなら良かった……」

まぁ学校の名前を使って行かせて貰ってるくらいだから、許可があるのは当たり前か。

「昔はあんな状態ではなくもっと緑豊かだったと、すぱろう君の曽お祖父さんから聞きました……」

ルフさんが横からそっと呟く。

「そうみたいだね。でも戦争で派手に焼けちゃってそれっきりなんだ。曽お祖父ちゃんは、植林に反対してたらしいし」

「緑が増えるのに？　何でだろう？」

俺が純粋な疑問を口にすると、すぱろう君は視線を落として指を組んだ。

「元の山にあった木と別の種類の物を植えるのが、曽お祖父さんは嫌だったみたいなんだ。

ハゲたままにしとくよりは——ていう家族の説得にも一切耳を貸さなかったらしいよ」

「…………」

そこで寂しそうに視線を落とすルフさん。そのままたこ焼きを一つ頬張る。

本来森で暮らすというエルフとしては、自然が破壊されたままの状態を見るのはツライものがあるのだろう。

「あ、そうだ。次に植える木は杉を勧められていたらしい」

「その判断はグッジョブでは⁉」

現代日本人の悩みの種、花粉症の元凶じゃないか！

もしあのハゲ山が、一面杉で埋め尽くされていたら——。

この地域の人の花粉症率は爆上げだったに違いない。

ちなみに俺は今のところ発症はしていない。母親が苦労しているのを見てきたので、できれば一生無縁でいたいところだ。

特に次の話題が出ないまま、たこ焼きを頬張る俺たち。

直前の会話の内容のせいか、せっかくのふわとろ食感も味わう余裕がなくなっていた。

「ごふっ⁉」

その空気をいきなりぶち壊したのは、ネロリーちゃんのむせる声。

「突然どうしたの⁉　大丈夫⁉」

「き、気管にたこが──入りかけて──ごほっ、ごほごほっ！」

「大変！　ネロリー、しっかり！」

「こういう場合どうすれば良いんだ⁉　水⁉」

「いや、むせて飲めないと思うよ」

「ごほごほっ！　く、苦し──ごほっ⁉」

しばらくてんやわんやする俺たち。

とはいえ俺たちができるのは、彼女が落ち着くまで背中をさすってあげることしかないわけで。

「はぁ……はぁ……。す、すみませんでした突然……」

ようやく落ち着いたネロリーちゃんは、ゆっくりと水を飲みながら息も絶え絶えに告げる。

「いやぁ、ビックリした」

「むせると苦しいよね……わかる……」

「ちょっと考え事をしていたら咀嚼《そしゃく》が疎《おろそ》かになってしまい──。申し訳ないです」

「皆気にしてないから大丈夫。何事もなくて良かったよ」

それにしても、いつもしっかりしているネロリーちゃんが上の空になるような考え事か。一体何だったんだろう？

「ご主人様。今日と明日ですが、ティトリーと出張に行って参ります」

「え？　あ、うん。わかった」

ネロリーちゃんの突然の申し出に、アッサリと了承するルフさん。

そして頷き合うティトリーちゃんとネロリーちゃん。

どういう事情があるのかはわからないが、俺にはそのやり取りがとても不思議なものに見えてしまった。

出張――。

前回のルフさん餓死騒動の時よりは短いみたいだが、どこに行くのだろう？

彼女たちが見た目通りの年齢でないことはわかっている。

それでも『出張』という響きから俺が想像できるのは、仕事しかないわけで。

気になるならいっそのこと聞いてしまえ――の精神で、思い切って俺が尋ねると――。

「どこに行くの？」

「えっと、お仕事です。とても、大事な……」

ネロリーちゃんは含みを持たせた言葉を返すだけで、明言はしてくれなかった。

ただその顔が少し憂いを帯びた笑顔だったので、俺の心に喩《たと》えようのないもやもやが広がるのだった。


「それじゃあ、また！」

「またねー！」

笑顔で手を振ってすぱろう君と別れる俺たち。

あの後、俺はすぱろう君と連絡先を交換して、部活で使う小型ナイフと彫刻刀を購入した。

彫刻刀は小学生の時に買った物があるのだけど、実家に置いてきてしまったんだよな。

ともあれ、これで部活用の作品にさらに手を加えることができる。

ちなみにすぱろう君は、家族に頼まれて犬の餌とトイレットペーパーを買いに来たらしい。

頭が良くて家族思いの優しい少年。

名前のインパクト以外は、俺から見ると完璧な人間だ。

「いやあ、世の中って案外狭いものなんだねー。まさか渡良瀬《わたらせ》さんとすぱろう君に繋《つな》がりがあったなんて」

歩きながらしみじみと呟くルフさん。それについては俺もまったく同意見だ。

二度と会うことがないと思っていたかつての同級生に、こんな所で再会するなんて誰が予想できただろうか。

「思いがけない再会もありましたが、目的の釘《くぎ》は無事に購入できました。帰ったら早速、棚作りの続きをしなきゃですね」

ティトリーちゃんが言った後、俺はしばし考える。

「あの……。良かったら俺も手伝いますよ」

「えっ⁉」

「いや、ルフさんの昨日の様子を見ていたら、ちょっと不安になってしまったというか……」

「確かに。また大量の釘を無駄に消費してしまう未来が見える――気がする……」

ネロリーちゃんが神妙に頷く。

「うぅ……。否定できないところが悲しい……」

言われっぱなしのルフさんは、反論せずに肩を落とすばかり。

――が。

突然ルフさんはバッと顔を上げると、俺をガン見してきた。『穴が空くほど』という比喩がピッタリ当てはまる凝視っぷりに、思わず俺はたじろいでしまった。

「な、何ですか？」

「渡良瀬さん……。今、何て言いました？」

「へ？　ええと、俺も手伝いますよって――」

「その後です」

「ええと、ルフさんの昨日の様子を見ていたら、ちょっと不安になってしまった――」

「それ！　です！」

いきなりビシリと俺を指差すルフさん。

え、何だ？　こっちはわけがわからないんですけど？

「渡良瀬さん、わ、妾《わらわ》のこと、名前で、呼んで……」

「…………あ」

これまでにないほど心臓が跳ねる。

しまった……。

今まで名前は頭の中だけで呼んでいたのに、心の声が表に出ていたのか……。

いや、いくらエルフとはいえ、年上の女性を名前で呼ぶのって失礼かなと思ってたからさ……。だから彼女の名前を知ってからも、本人に呼びかける時には名字で呼んでいたんだよ！　あと女性の名前を呼ぶのって、俺からしてみるとちょっと気恥ずかしいってのもあって――。

そんな言い訳が一瞬の内に頭の中を駆けていくが、俺の口から出てくるのは掠《かす》れた空気だけ。そもそも、恥ずかしくてそんなこと正直に言えない。

「う、えと……その……」

やばい……。何も言葉が出てこない。言語を司《つかさど》る機能だけが漂白された気分だ。

いや、落ち着け俺。

ルフさんはきっとこの状況もゲームの一場面のようだと認識していて、それで喜んでいるんだ。そうに違いない。

そんな俺の心情を知らないルフさんは、しばし俺の顔をジッと見つめた後。

「こ、これからも名前で呼んでくれると……う、嬉《うれ》しいです……」

ぽそりと呟《つぶや》き、顔を真っ赤にしたまま視線を地面に落とした。

何か、予想と反応が違う……。そこはいつものように『これ、ゲームで見たことがある状況です！』ってなるところじゃないの？

頼む。いつもと同じ台詞《せりふ》を言ってくれ。俺が落ち着かない。

「おやおや」

「あらあら」

ティトリーちゃんとネロリーちゃんは、共に口元を手で押さえていた。

手の隙間から見える口角が、清々《すがすが》しいほど上がっているのを確認。というか、そもそも目元がとてもニヤニヤしている。

その反応、やめてほしいなあ！　とても恥ずかしいから！　あと凄《すご》く既視感！

とまごまごしていたら、ルフさんの表情が少し曇っていることに気付いた。

あ、そうか。俺が返事をしていないから不安になっているわけか……。

心に余裕はないけれど、頭の中に冷静な自分が残っていて理解した。

少しでも落ち着くため、大げさに深呼吸。

そして息と共に吐き出した言葉は――。

「わかりました……。じゃあこれからは名前で呼びますね。……ルフさん」

途端にぱあっと表情が明るくなったルフさんを、俺は直視することができなかった。

その後、帰ってから宣言通りに棚作りを手伝ったんだけど――。

終始、お互いによそよそしい態度だったこと以外、正直覚えていない。

ただ、棚はちゃんと作ることはできたらしい。ティトリーちゃんとネロリーちゃんが、後日お礼のお菓子を持ってきてくれたから判明したのだけど。

そのお菓子（煎餅）を食べながら、俺はあることをふと思ってしまった。

俺が『ルフさん』呼びになったのは良いとして、逆は特に提案されなかったな……。

………。

ま、まぁいいか。名前で呼ばれたらこっちも落ち着かないし。

ほんのちょっぴり釈然としない気持ちを抱えながら煎餅を囓《かじ》ると、小気味よい音が部屋の中に響くのだった。

八話　温泉旅行

あっという間に四月下旬。

高校生活が始まってから色々とありすぎた。

今のところ、充実した高校生活を送っていると断言できる。

楽しみにしていた部活は活動そのものは地味だけど、俺が想像していた以上に楽しい。

つい先日一作目を作り終え、現在は二作目に取りかかっている最中だ。未《いま》だにモチーフに悩んでいる先輩もいる中、かなり早いペースだと自分でも思う。

俺が心を摑《つか》まれたあの山の芸術作品は（縄張りを主張する物だとわかった後も、俺はあえて『作品』と呼んでいる）元々はエルフが作った物。

そんなわけで、ルフさんに完成した物を見てもらった。

ダメ出しも覚悟していたけれど、ルフさんの評価は上々で自信を持つことができた。

曰《いわ》く、小枝の使い方がとても好みだったらしい。

ちなみにどういう形なのかは、口で説明するのはかなり難しい。何かに似せて作ったわけではないからだ。まぁ立体の芸術作品なんて、興味がない人から見ると意味不明な物も多いだろうし……。

こうやって開き直るくらいには、子どもの頃から俺がやりたかったことは周囲に理解されなかった。理解はしてもらえなかったけど、反対することもなくこの学校に行かせてくれた親には感謝している。

とにかく、幸先《さいさき》の良いスタートを切ることができて素直に嬉しい。

ただ……部活のために学校に来ているようなものなので、勉強はそこそこといったところなのが自分でもちょっと気がかりだ。一応、まだ追いついてはいるけれど。

そんな色々を思い返していたら、下校前のホームルームも終了。

いよいよ明日からはゴールデンウィークだ。

クラスの皆から洩《も》れ聞こえてくる会話も、連休をどう過ごすかという話題が多い。バイトをする人、遊園地に行く人、家でゲームや動画視聴三昧な人——と、予定は様々だ。

俺は特に予定もないし、家でだらだら過ごすだけかな。この機会に二作目の制作を進めてしまうのも悪くないかもしれない。

「渡良瀬くん」

鞄《かばん》を持って立ち上がったところで、いきなり後ろから声をかけられた。

この声は水瀬《みずせ》さんだ。

「何？」

返事と共に振り返ると、いつも通りにこやかな笑顔の水瀬さんが立っていた。

「ゴールデンウィークって、何か予定ある？」

「いや、特にないけど」

「それなら、一緒に温泉旅行に行かない？」

「……え？」

「「「――――!?」」」

またしてもクラスメイト達の視線を集めてしまう。

いや、俺も逆の立場なら絶対にガン見してるけど！

この誘い文句は今までのとは次元が違う。誤解されても何らおかしくない。

そもそも同じアパートとはいえ、異性をいきなり温泉旅行に誘うって何事!?

驚きすぎて二の句が継げないでいると、さすがの水瀬さんも自分の言い方に問題があったと自覚したらしい。急に瞳孔が開いた。

「あっ、違うの！　二人きりで行こうって言ってるわけじゃなくて！」

クラスメイト達も慣れたものだ。これを聞いただけで「いつものパターンか……」と察しがついたらしく、自然と解散ムードになっていた。

とはいえ、何人かはまだ興味がなくなった振りをしながら、猫のように聞き耳を立てているが。

「ええとね、羽椰世《はやせ》ちゃんの家が所有している旅館があるんだって。最初は羽椰世ちゃんと二人で泊まろうって話だったんだけど、直前で問題が発生しちゃって……」

「問題？」

「うん。実は羽椰世ちゃんのお父さんが、中間テストの成績が良くなかったら、高校を卒業するまでは遊ぶの禁止って言ったらしくて……。それでまだテストまでは期間があるけど勉強合宿にしよう——てことになったの」

「それはいくら何でも厳しすぎない？」

高校を卒業するまで遊ぶの禁止なんて。水瀬さん命の早崎《はやさき》さんにとっては、死刑宣告されたのと同義なのではなかろうか？

「でしょ？　それでついでだし、渡良瀬《わたらせ》くんも一緒に勉強した方が捗《はかど》るかなと思って」

「そういうことなら俺も参加するけど——。本当に大丈夫なの？」

「羽椰世ちゃんの知り合いの男の子も呼ぶらしいよ。というか今、羽椰世ちゃんが連絡している最中。だから心配しなくても良いんじゃないかな」

男子の知り合いもいるんだ。

まぁ、顔が広そうだもんな早崎さん。

廊下からこちらを覗《のぞ》いている早崎さんにいち早く気付いた水瀬さんが、笑顔でひらひらと手を振る。

「あ。噂《うわさ》をすれば羽椰世ちゃんだ」

手を振られた早崎さんは、喜怒哀楽のどれでもない顔で教室に入ってきた。無表情のカピバラがおそらくこんな顔をしている。

「どうだった？」

「うん。特に予定がないから来れるって」

「すっごく頭が良い人なんでしょ？　助かるよねー」

「……そうね」

いつもは水瀬さん全肯定マシーンな早崎さんも、さすがに参っている様子だ。返事に覇気がない。

二人きりの旅行だったはずなのに男が混じるとなれば、彼女のテンションの低さもわからないでもない。

それはともかく、早崎さんが呼んだのは頭の良い人らしい。言い方からして家庭教師ではなさそうだが、本気で勉強に取り組もうとしていることはわかった。

「ちなみに日程は？」

早崎さんには話しかけにくかったので水瀬さんに聞く。

「五月三日から二泊三日だよ」

「わかった」

明日からじゃなくて助かった。

誘われたのが急すぎて、準備がおろそかになりそうだという心配も解消だ。

「ええと……そういうわけでよろしく……」

さすがに無視できないので早崎さんにも挨拶すると――。

「…………ん」

やっぱり非常にテンション低めな返事をされてしまった。

……本当に大丈夫なのか？

一抹の不安を抱く俺の心情を理解してくれる人は、残念ながらこの場にはいなかったのだった。


だらだらしたり買い物に行ったりゲームをしたり、二作目の展示品の方向性をあらかた決めたり、まただらだらしたり――を繰り返していたら、あっという間にその日になってしまった。

　この日のために私服を二日分買い足したので、この後しばらくは節約生活を心がけないと。

　天気予報は三日とも晴れ。奇《く》しくも旅行が終わった次の日からは雨の予報が続いていたので、タイミングが良いと言わざるを得ない。

　俺、もしかして晴れ男なのかな？　もしくは水瀬さんか早崎さんが晴れ女だったり？

とにかく着替えと勉強道具一式はリュックに入れたし、歯ブラシも忘れていない。

　一通り中身をチェックした直後、呼び鈴が鳴った。

「渡良瀬くーん」

　朗らかな水瀬さんの声。

　朝からこの声を聞くと元気が出るな。彼女に入れ込む早崎さんの気持ちがちょっとだけわかる気がする。誤解されたら面倒なので、決して言葉には出さないが。

　玄関に出ると、大きなトランクを持った水瀬さんが立っていた。

　いつにも増して顔の血色が良い。勉強合宿と一応の名目はあるけれど、同級生と泊まりの旅行だもんな。楽しみなのもわかる。

「おはよう」

「おはようー。羽椰世ちゃんはまだ来てないんだけど、先に外に出てた方がすぐ動けて良いかなって。というわけで、次はルフさん達を呼びに行くね」

「……え？」

いきなり出てきた名前に、思わず目を点にしてしまった。

「あれ？　言ってなかったっけ？　ルフさん達も一緒に行くんだけど」

「何も聞いてないよ!?」

寝耳に水もいいところだ。てっきり高校生だけで行くものだとばかり……。

「そうだったっけ？　ゴメンね。羽椰世ちゃんのお父さんが保護者枠としてお願いしたんだよ」

「なるほど……」

一応、ルフさんも大人だもんな。行動が全然そう見えないけど。

「旅館の人には当然話は通してあるらしいけど、やっぱりいざという時に未成年だけだと問題があるでしょ？　その点、ルフさん達なら安心だし」

安心……かなぁ？

いや、ティトリーちゃんとネロリーちゃんは頼もしいからな、うん。

事情は理解したし、そもそもルフさん達がいて嫌ということはない。むしろさらに楽しみが増したくらいだ。

エルフと一緒に温泉旅行なんて、この先の人生で二度と体験できないことかもしれないじゃないか。

とか考えている間に、水瀬さんは既にルフさん宅の呼び鈴を鳴らしていた。

行動が早いッ！

「おはようございます。水瀬です！」

「はーい」

部屋の中からティトリーちゃんの声が返ってきた。

それから間もなく、ルフさん宅の玄関のドアが開いたのだが――。

そこにあったのは大量の荷物だった。

トランクにボストンバッグ、登山仕様のリュックの隣には段ボール箱が積まれている。

こっ、これは一体？

「どうしたんですか？　引っ越しでもするんです？」

「あ、渡良瀬さんもおはようございます。実は旅行に持って行くご主人様の荷物の選別が終わらなくて……」

「二泊三日ですよ⁉」

思わず大きい声を出してしまった。

絶対こんなにいらないだろ⁉　ルフさんは一体何をしに行くつもりなんだ⁉

「ですよねえ。私もご主人様に散々申し上げたのですが、初めての旅行にすっかり舞い上がっておりまして。アレもコレも持って行きたいと聞かないんです」

遠足前の子どもか。

というか、結構長い期間ここに住んでいそうなのに、旅行は初体験なんだ。

それならテンションが上がっても仕方がない――わけないな。何事にも限度はある。

「ちなみに段ボールの中には何が？」

水瀬さんがおそるおそる聞くと、ティトリーちゃんは苦笑しながら「ゲームです」と呟《つぶや》いた。

「絶対にいらないな……」

「私もそう思います……」

同意するティトリーちゃんの声は疲れ切っている。それだけで、ここまで色々と大変だったのだなと察してしまった。

ルフさんは旅館に一年くらい滞在するつもりなのだろうか？　そんなまさか。

「私とネロリーが言ってもどうにもならないので、ここは渡良瀬《わたらせ》さんとことりさん、どうにかお願いします」

まぁ、さすがに説得するしかないでしょこれは……。

早瀬さんの家が車を出してくれると言っていたが、こんなに積めるわけがないし。

改めて玄関からひょいと部屋の中を覗くと、ルフさんがネロリーちゃんに二着のTシャツを掲げて見せている最中だった。

一着は『からあげ』と大きな文字が書かれたやつ。

もう一着は、ゆるいカレーのイラストに『カレーは飲み物』という文字が添えられたやつだ。

おもいっきりネタTシャツじゃないか！

「ねえねえ。どっちの方が旅行に相応《ふさわ》しいかな？」

「どっちもナシですね」

「――!?」

俺の容赦ない言葉の一刀両断に、驚くべき速さで振り向くルフさん。

猫を前にしたネズミの表情って、おそらくこんな感じだろう。

「えっ!?　渡良瀬さんにことりちゃん!?」

「もうそろそろ出発時間ですよ」

ルフさんは慌てて時計に目をやると、「もうこんな時間……？」と絶望を声にのせて呟いた。

猫を前にした文鳥の目って、おそらくこれくらい見開いてると思う。

「ネロリーちゃん。着替えとかの最低限の荷物は？」

「既にこちらにまとめてあります」

と、ネロリーちゃんは一つのトランクを指差した。

さすがの手際《てぎわ》の良さ。何となく予想はしていたけれど。

「ルフさん。旅行にゲームは持って行かなくても良いと思いますよ」

「そ、そうなの？　旅館はやることがなくて暇で死にそう——て、前にネットで見たことがあるから、てっきり……」

「たぶんそれ、情報源がかなり偏ってます」

かなり特殊な人の日記でもお手本にしてしまったのか？　親のリラックス目的で連れていかれた小学生とか？

「そ、そうだったんだ……。じゃあ持ち物は少なくて大丈夫？」

「はい。そもそも俺たちもいるんですよ」

「そうそう。皆でワイワイしましょー！」

水瀬《みずせ》さんの笑顔につられたのか、ようやくルフさんは安堵《あんど》した表情になるのだった。

「ところでこのTシャツ、どっちもダメですか？」

まだ諦めてなかったのかよ⁉

「その……確かに面白いけど、旅行に相応しいかと言われると……」

水瀬さんの言葉で、ようやくルフさんはこのデザインが普通ではないと気付いたらしく、

「そうかー……」と言いながらいそいそとTシャツをクローゼットにしまうのだった。

心なしか耳が垂れているようにも見える。そんなに着て行きたかったのか……。

「お二方ともありがとうございます。助かりました」

ネロリーちゃんが改めて頭を下げる。ここまでくるとルフさんの親みたいだな。

「皆さん。早崎《はやさき》さんの車が到着されましたよ」

ティトリーちゃんの声に、俺たちは一斉に視線を駐車場へと向ける。

そこには——。

「リムジンだああああああ⁉」

ツヤツヤの黒いボディに長い車体。

テレビの中でしか見たことのない車が、アパート前の駐車場にビシリと停車した。

以前バーベキューをした原っぱみたいな駐車場にリムジンが停《と》まる絵面《えづら》、あまりにも不自然で脳が混乱する。

ていうか、早崎さんの家ってそんなにお金持ちだったんだ⁉

リムジンの後ろのドアを開けるのは、白髪交じりの品のある男性。

中から出てきたのは、当然早崎さん。肩が出たワンピースに麦わら帽子にサングラス――と、いかにも『今からリゾートに行きます』と言わんばかりの服装だ。

そして、リムジンからさらにもう一人が出てきたのだが――。

「えっ⁉　宮本《みやもと》君⁉」

彼は俺を見るなりニッコリと笑顔を作り、軽く片手を上げる。

見間違いや人違いではないことは確かだ。

早崎さんの知り合いの男の子にも声をかけた――と言っていたけれど、まさかすぱろう君だったとは……。

そういえば、家がお金持ちみたいなことを言ってたもんな。早崎さんと知り合いでもおかしくはないか。

ルフさんとも旧知の仲だし、世間って俺が考えているよりずっと狭いのかもしれない。

「ことりちゃん！」

早崎さんは水瀬さんを見るなり、満面の笑みになって駆け寄っていく。

「おはよう、羽榔世《はやせ》ちゃん。凄《すご》い車だね……」

「たくさん人が乗れるからいいかなーって。荷物はじいやに預けたら載せてくれるから」

じいや……。

現実にそんな言葉を使う人を初めて見た。パート2。

というフレーズが即座に脳内で流れてしまった。

早崎さん、まさかここまで立派なお嬢様だったなんて……。話をしていても、全然そんな雰囲気がなかったからわからなかった。

というかそもそも俺、早崎さんから睨《にら》まれている記憶しかないな？

「おはよう早崎さん。凄い車だね！」

水瀬さんとまったく同じ感想を言いながらやって来たのはルフさん。とてもわかりやすく、目がキラキラと輝いている。

あ。この目は、ゲームで見たシチュエーションと重ねてる時のやつ。

とかいう俺も、さすがにリムジンはドラマの世界でしか見たことがないので正直ワクワクしている。

「突然保護者役をお願いしてすみません、ルフさん」

「ううん。こんなに楽しそうなお誘いなら、いつでも大歓迎だよ！」

珍しく殊勝な態度の早崎さんに、ルフさんは首を横に振って手を広げてみせた。

「ご主人様が保護者として適切であるかは、非常に疑問ではありますが」

いつの間にいたのか。ティトリーちゃんがルフさんの横に並び、ポツリと洩《も》らす。

まるで針のようなチクチク口撃。ルフさんも自覚ありなのか「うっ……」と胸を押さえて呻《うめ》いてしまった。

「大丈夫です。お父さんを納得させられる大人なら誰でも良かったので」

その言い方は決して褒めてないだろ……。

とはいえルフさんは特に気にせず「そっかー」とニコニコ笑顔で納得してしまった。

これは心が広いのか、それとも気付いていないだけなのか……。

「とにかく、皆早く乗って乗って」

ぞろぞろとリムジンに集まる面々。

じいやさん（どう呼べばいいんだ？）が皆の荷物を手際良く載せていく。

緊張しながら乗り込んだリムジンの中は、一つの部屋と言っていいほどの広さがあった。

芳香剤なのか、それとも元々こういう匂いなのか、爽やかさと甘さが混ざったような香り。

U字型《ユーじがた》の座席の中央には、長いテーブルまで備わっている。非常に座り心地の良い座席と相まって、ここが車の中ということを忘れそうになってしまうほどだ。

こんな車、今後の人生で乗れる機会はないかもしれないな……。

「部屋の中にいるみたい。凄いなあ……」

俺の隣に座ったルフさんが感嘆の声を洩らす。

リムジンに乗車したエルフという図も、今後の人生で見る機会はないかもしれない。

ちなみに、俺のもう片側にはすぱろう君が座っている。

この間の女子会のことを思い出すと、同性が一人でもいるだけでとても心強い。こればかりは早崎さんに感謝だ。

「私トランプ持ってきたんだ。皆でやろー！」

いつもと変わらぬテンションで、無邪気に提案する水瀬さん。

そのおかげで、リムジンという異空間の空気に圧倒されていた俺の緊張も良い具合に解けた。

「いいね。向こうに着いたら勉強しなきゃだし、今の内に遊んでおこう」

すぱろう君のひと言に、上がりかけていたテンションがちょっと下がる。

そうだった……。そもそもこれ、泊まりの勉強会という名目だった。

「あ、あの。初めまして」

今まで挨拶するタイミングを逃していたのか、水瀬さんがすぱろう君におそるおそる話しかける。

「こちらこそ初めまして。僕は宮本すぱろう。君のことは羽椰世さんからよく聞いてるよ」

「そうなんだ？　えっと、改めて水瀬ことりです。よろしくお願いします」

「僕も君たちと同級生だから敬語じゃなくていいよ」

「そういうことなら……。よろしくね、宮本くん」

二人の挨拶が終わったところでチラリと早崎さんを見ると、何とも複雑な表情をしていた。

早崎さんとしては、これ以上水瀬さんと仲が良くなってほしくはないということだろう。どれだけ水瀬さんが好きなんだ。

「渡良瀬くんと宮本くんは初対面って感じじゃないけど……。もしかして知り合いなの？」

水瀬さんの質問に、これまでの経緯を簡単に説明する俺。

「凄い!?　そんな偶然の再会なんてあるんだ！」

と、ルフさん同様に驚いていた。

ちなみに早崎さんは既にすぱろう君から聞いていたのか、特に反応はせず。俺のことにそこまで興味がないせいかもしれないが。

「それでことりちゃん、何をするの？」

「やっぱ最初はババ抜きかな」

定番だが、誰もがわかりやすく楽しめるもんな。

「車内でトランプ……！　ゲームで見た修学旅行の一場面みたい！」

両拳を握って感動するルフさん。

リムジンで行く修学旅行はたぶんどこにもない。

まぁ、本人が楽しそうなのであえて何も言わないでおく。

そんなこんなで、エルフ三人と人間四人の予測不能な旅行は始まったのだった。


出発してから二時間弱。

トランプを楽しんでいるうちに、あっという間に旅館に着いてしまった。

まさか、ババ抜きであんなに白熱するとは思っていなかったわ。

ルフさんを除く全員が顔に出ないタイプだったので、ババを巡ってそこかしこで心理戦が繰り広げられていた。

特にネロリーちゃんと早崎さんの一騎打ちは、漫画にして良いくらいの熱い展開だった。見ていてちょっと怖かったくらいだ。主に二人から出ているオーラが。

ちなみに前述の通り、ルフさんはかなり弱かった……。あまりにも感情が顔に出すぎる。デスゲームにババ抜きが出たら、真っ先に脱落するタイプの人だ。ここがデスゲーム会場じゃなくて本当に良かったよ。

ちなみにずっとトランプをしていたわけではなく、合間に昼食として弁当を食べた。

山形の高級ブランド肉を使ったという弁当は、誇張ではなく今まで食べてきた肉の中で一番美味《おい》しかった。

本当に高級な肉って、口の中で溶けるんだな……。

弁当は出発前に早崎さんの家のコックが作ったのを、保温したまま持ってきたらしい。家に専属コックがいるなんて、早崎さんがお金持ちのお嬢様ということを益々《ますます》実感した次第だ。

短い時間だったが、すっかり楽しい空間として馴染《なじ》んだリムジンの中から外に出ると――。

「わあ……！」

感嘆の声を洩らしたのは果たして誰だったか。

歴史が詰まっていそうな立派な旅館が、俺たちの視界いっぱいに広がっていた。

駐車場にはマイクロバスが何台か停まっている。

周辺にはお土産屋さんが並んでいて、この土地一帯が大きな観光地になっている様子だ。

浴衣《ゆかた》姿で歩いている人もいるので風情《ふぜい》がある。

「羽椰世ちゃん。本当にここに泊まるの？」

旅館の立派な見た目に怯《ひる》んでしまったのか、水瀬《みずせ》さんが少し不安な顔で早崎《はやさき》さんに聞く。

確かに、高校生だけで泊まるにはかなり分不相応と言うか……。本当に良いのだろうか？　という気持ちは俺も大いにわかる。

「心配しなくても大丈夫だよ。私たちが泊まることはお父さんを通して知らせてるし」

堂々と応える早崎さんが、今ほど頼もしく見えたことはない。

本当にお嬢様なんだな……。

と、本日二回目の同じ感想を抱いたところで、じいやさんがリムジンから荷物を取り出して渡してくれた。

「ありがとうございます」

「いえいえ。充実した『お勉強会』になるよう、お祈りしております」

「う……」

呻いたのは早崎さんだ。

本来の目的、たぶん忘れてたな……。

「三日後の昼過ぎ、またお迎えに上がりますので」

「わかった。ここまでありがとう」

早崎さんが礼を言うと、じいやさんは恭《うやうや》しく頭を下げた。

「皆様、いってらっしゃいませ」

ここまで大人から丁寧な扱いを受けたことがないので、何だかとてもくすぐったい。家に執事さんがいる生活、俺には合わなそうだ。

「それじゃあ、はりきって中に入りましょー！」

なぜか仕切り始めるルフさん。一応保護者枠だからおかしくはないのだけれど、釈然としないのは何故《なぜ》だろう。そもそも宿の中に入るのに、はりきるも何もない気がするが。

とはいえ、その声をきっかけにゾロゾロと移動を始める面々。

ここまで来たら、あとはもう流れに身を任せるしかない。

早崎さんが、中に入ってすぐ受付の人の所に行く。事情を説明した後、すぐに一人の女性が奥からやって来た。

着物だろうか？　それとも浴衣？　詳しくないのでよくわからないが、とにかく和の格好をした上品な女性は、早崎さんを見るなり破顔した。

「いらっしゃい羽椰世《はやせ》ちゃん。お義兄《にい》さんから話は聞いとるよ。あ、申し遅れました。ここで仲居をやらせてもろてる早崎です。お友達もゆっくり過ごしてくださいね」

仲居の早崎さんに、ぺこりと軽くお辞儀をする俺たち。

やっぱりルフさん達についての言及はない。いい加減慣れてきたというか、そろそろ気にする俺の方がおかしいのでは——という気持ちになってきた。

そういえば、ルフさんは早崎さん一家とずっと昔から知り合いだったみたいなことを言っていたな。でもルフさんがこの旅館に来たのは初めてみたいだ。

早崎さんの親族とは顔見知りだけど、地元の外には出たことがない——ということだろうか。

「それじゃあ部屋に案内するね」

「こと彌《や》さん、お世話になります。よろしくお願いします」

「そんな畏《かしこ》まらんでもええのに」

「そういうわけにはいかないです」

早崎さんが猫を被《かぶ》っている……。

大人相手にはちゃんとしている早崎さん。なのに、どうして水瀬さんや俺にはああなんだ。その謙虚さを、ほんの少しでもいいから俺にも向けて欲しい。

「まあええか。ほら、こっちやで。付いておいでな」

接客用なのか、それとも素なのか。仲居の早崎さんは柔らかい笑顔を作り、俺たちを誘導するのだった。


「おお〜っ！」

案内された部屋を見た瞬間、俺たちは無自覚に声を上げてしまっていた。

畳の大広間。余裕で側転が三回転くらいはできるほどの広さだ。当然やるつもりはないけど。

机の上にはお菓子が置いてあり、窓際《まどぎわ》には椅子二脚と小さな机が置かれた『あのスペース』もある（後で聞いたけど広縁という名前らしい）。

窓から見える景色は、青々と茂った木とゆるやかに流れる清澄《せいちょう》な川。

木は桜みたいだ。先月訪れていたら、満開の桜を見ることができたんだろうな。

「風情があるねえ……」

「そうですねえ……」

ルフさんとネロリーちゃんがしみじみと呟《つぶや》く。

日本の風情がわかっているエルフ、よく考えなくてもかなり違和感だな？

「男性の方には隣の部屋を用意しております」

「あ、どうも」

そりゃそうか。旅館の手配をしたのは早崎さんのお父さん。年頃の男女を同じ部屋に泊まらせるわけがないもんな。そもそも同じ部屋で寝ることになったら俺も困るし。

という訳で、俺とすぱろう君はそのまま隣の部屋へ。

二人だから狭いかなと思ったが、広さは女子部屋と同じだった。何だか得した気分だ。

「お食事はお隣の部屋にお運びしますから、その時間は皆さんご一緒にどうぞ」

「わかりました。お気遣いありがとうございます」

すぱろう君の爽やかスマイルに、仲居の早崎さんもにっこりと微笑《ほほえ》む。

「では、ごゆっくりどうぞ」

そして丁寧に礼をして部屋を後にした。

とりあえず荷物を部屋の隅に置く俺たち。

誰かを間に挟まずにすぱろう君と話すのは、よく考えたら初めてだ。

今頃になって緊張してきた……。

「ねえ、渡良瀬《わたらせ》君」

「ん。何?」

「二人でこの広さを独占できるのって贅沢《ぜいたく》だよね」

そう言うとすぱろう君は、畳の上に大の字でごろんと寝っ転がった。

「はぁー……広い」

しみじみと呟くすぱろう君。

俺も少し離れた所で真似《まね》して寝転がってみた。

アパートの部屋よりずっと天井が高い。吐く息が上に吸い込まれていきそうだ。ただ寝ているだけなのに、自分の存在がやけに小さく感じられてしまう不思議な感覚。

「………」

いかん。このまま目を閉じたら寝てしまいそうだ。

慌てて上半身を起こすと、同じく起き上がったすぱろう君と目が合った。どうやら同じ感覚に陥っていたらしい。

お互いに何とも言えない笑いを洩《も》らし、改めて立ち上がる。

次に好奇心が向いた先は、部屋の隅にある小さな冷蔵庫。早速開けてみると、中にはジュースやお酒がビッシリと詰まっていた。

「それ、有料だよ」

「そうなんだ……」

無料のサービスかと思ったけど違うのか。宿代を出してくれてるのは早崎さんだし、勝手に飲むのはやめておこう。

見なかったことにしてパタリと冷蔵庫の扉を閉める。

と、後ろから聞こえたのはがさごそという音。振り返ると、すばろう君が自分のリュックの中から勉強道具一式を取り出したところだった。

そうだった。彼が勉強を教えてくれるんだった。

お金持ちで頭が良くて、おまけに性格も良い——。

俺は特に劣等感があるわけではないけれど、こうもできた人間が目の前にいると、どうしても自分の足りなさが色々と気になってしまうというもの。

——って、ダメだダメだ。

頭を振って生まれかけたネガティブ思考を無理やり追い出す。

勉強合宿という名目はあるが、楽しむためにここに来たのだ。わざわざ自分から気持ちが沈む種を見つけてしまっては、せっかくの旅行が台無しになる。

何か違うことを考えよう。

「そういえば、宮本《みやもと》君はルフさんとどうやって知り合ったの？」

ホームセンターでは、宮本君の曽《ひい》お祖父《じい》さんとルフさんが知り合いだったと聞いたけど、それ以上の詳しいことはわからないままだ。

すばろう君はしばし視線を宙に投げて「うーんと……」と思案していたが、やがて程なく。

「ルフさんは、僕の曽お祖父ちゃんが山の中で見つけて保護したらしいんだ」

「えっ――!?」

衝撃の答えに咄嗟《とっさ》に声が出てしまった。

「保護したって……保護!?」

「うん。ハゲ山で途方に暮れていたルフさんに、曽お祖父ちゃんが声をかけたのが出会いだって言ってた。ここがどこかもわからない、帰る方法もわからないって泣いていたらしいんだ」

「…………」

ルフさんは何らかの理由で、突然この世界に来てしまったということか。そこですばろう君の曽お祖父さんと出会った――。

「それから曽お祖父ちゃんは早崎さんの所に連絡して、身よりのないルフさんに住む場所を与えてあげたんだって」

「それが俺の住んでいるアパート？　でもあそこの築年数、そこまで古いものじゃなかった気がするんだけど」

「今から三十年くらい前に建て替えたらしいよ」

「なるほど……」

それなら納得だ。曽お祖父さんの代からのアパートなんて、さすがにボロボロになっていてもおかしくはないだろうし。

そして、早崎さんの家とも古くから繋《つな》がりがあった理由もよくわかった。ルフさんにとってはまさに恩人だったんだな。

でもその話を聞くと、ルフさんは元々故郷に帰りたかったということか？

「それからしばらくして、ティトリーちゃんとネロリーちゃんがルフさんを迎えに来たみたいだけれど——。なぜか帰らずにそのまま住み続けているんだ」

「迎えに来たのに帰らなかった……？」

しっかり者のあの二人が、ルフさんを連れて帰らなかったのは何故だろう？　しかもそのまま住み着くなんて。

「曽お祖父さんとルフさんは、何か約束をしていたらしいよ」

「約束？」

「うん。でも詳しくは知らない。それが彼女たちが帰らない理由なのかも僕にはわからない。曽お祖父さんは僕が小さい頃に亡《な》くなってしまったし、ルフさんも何も言わないから。でも、僕は彼女たちと別れるよりはこのまま――って思ってしまっている悪い奴《やつ》なんだ」

少し寂しげな顔ですぱろう君は言った。

その意見には同意だけど、ルフさんのことを考えると複雑な気持ちだ。だから何も表明しないでおくことにした。

ルフさんがあのアパートに住み続けている理由。

何らかの約束――。

以前バーベキューをした時、憂いを帯びた顔で山を見つめていた姿を思い出す。

とはいえ、どんなに俺が考えても今その真相に辿《たど》り着けるわけではない。ルフさんが自発的に話してくれるのを待つしかないだろう。

「あの、この話はくれぐれも本人には……」

「大丈夫。言わないよ」

俺が言い切ると、すぱろう君は安堵《あんど》の笑みを浮かべた。

俺としては野次馬根性が出てしまうので、何も言われなかったらそれとなく本人に聞いていたかもしれない。けど、すぱろう君はその選択をしなかった。本人は悪い奴って言ったけど、俺からするとやっぱり良い人だよ。

改めて実感したところで、俺も勉強会のためにリュックから筆記用具とノートを取り出すのだった。

九話　続・温泉旅行

カリカリカリと、シャーペンをノートに走らせる音が複数、広い部屋に響く。

立派な宿の部屋の中で、俺たちは本当に勉強をしていた。

自分で言うのも何だけど真面目すぎないか？

早崎《はやさき》さんは親から言われた制約がよっぽど怖いらしく、終始真剣な表情でノートと教科書を見つめている。

「あ、すぱろう君。この問題なんだけど――」

そしてわからない箇所は、家庭教師役のすぱろう君に積極的に質問。まるでここが塾の教室に思えてしまうほどだ。

それにしても、すぱろう君は教え方が上手《うま》い。

隣で聞いている俺と水瀬《みずせ》さんも参考になるので、彼の解説にふむふむと頷《うなず》いていた。

ちなみに、今やっているのは中三の復習。とっくに忘れていた単語や公式も多数あって、自分の記憶力のなさを痛感中。

この勉強会、テスト前にもう一度やりたいかもしれない。

現在、部屋の中には俺たち四人だけ。

ルフさんたち三人は勉強の邪魔になったら悪いからと、お風呂《ふろ》巡りに行っている。源泉と効能が違う数種類のお風呂があると聞いて、ワクワクしながら部屋を出て行った。俺も後で回ろう。

「そういえば、羽椰世《はやせ》ちゃんと宮本君ってかなり昔からの知り合いだったんだね」

水瀬さんの突然の発言に、早崎さんはピクリと肩を震わせて手を止める。

「うん。家ぐるみでずっと昔から付き合いがあって。幼馴染《おさななじ》みってやつかな？」

「……まあ、そうなんじゃない？」

素直に答えるすぱろう君の横で、早崎さんはノートに視線を固定したままぶっきらぼうに呟《つぶや》く。

水瀬さんがいる手前、あまり触れてほしくなさそうな雰囲気をビシビシと感じる。が、おそらくすぱろう君は早崎さんのそんな心情に気付いていない。

俺が思うに、すぱろう君は良い人すぎるが故に、他人の悪感情に鈍感なタイプなのではなかろうか。

実際、彼が発している『善』のオーラが凄《すご》いんだよな。

早崎さんが、ストーカーみたいな独占欲を水瀬さんに抱いていることには気付いていなそうだ。

ただ、世の中気付かない方が幸せなことはごまんとある。あえてすぱろう君の心労を増やす必要はないだろうと、俺はそれについては黙っていることを決めるのだった。


それから一時間が経過。

勉強会は程良い緊張感を保ったまま続いていたが、俺が伸びをしたことでその空気が一気に緩むのを感じた。

しまった。皆の邪魔をしてしまったか？

「そろそろ休憩しようか」

「そうね。ちょっと頭が疲れてきちゃった。甘い物でも食べましょ」

「賛成ー！」

すぱろう君の提案に、女子二人も乗っかってきた。

そうだよな。適度な休憩は必要だ。

空気がすっかり休憩モードになった、その直後。

部屋の襖《ふすま》が勢い良くシャッと開き、思わず俺たちは一斉に振り返っていた。

そこに立っていたのは――。

ぐったりとしたルフさんを肩で支えながらヨロヨロとしている、ネロリーちゃんだった。

二人とも宿の浴衣《ゆかた》を着ているが、今はそこに注目している場合ではない。

「た、助けてください……」

「ネロリーちゃん!?」

「ルフさんも！　どうしたの!?」

「お風呂巡りですっかりテンションが上がってしまって、そのままサウナに突入したらこの始末で……」

「あー……」

その状況が手に取るようにわかる。

いや、家族でもないのに俺がわかってしまうのもどうなんだ。

「とにかく寝かせよう」

押し入れから素早く布団《ふとん》を出して敷く、水瀬さんと早崎さん。

俺とすぱろう君はネロリーちゃんからバトンタッチをして、ルフさんを引き受ける。ぐったりしているルフさんを布団に運ぶと、ようやくネロリーちゃんの眉間から皺《しわ》が消えた。

「ティトリーちゃんは？」

「スポーツドリンクを買いに売店に行っています。直に戻るかと」

「なるほど」

部屋の冷蔵庫の中にあるのは、ジュースとお酒だったもんな。

「すみません。皆さんの邪魔をしてしまって」

「邪魔になんかなってないよ」

「そうそう。ちょうど休憩しようとしていたところだしね」

水瀬さんと早崎さんがフォローするが、ネロリーちゃんの顔は浮かない。

そんなに気にすることないのに。

「うーん……ごめん……」

呻《うめ》きながらも謝るルフさん。ひとまず意識はあるようで安心した。

「それはそうと、ルフさんの体を冷やした方が良いんじゃないかな」

すぱろう君の指摘にハッとする俺たち。確かにそうだ。

「私、窓を開けてくる」

「私も」

と立ち上がる水瀬さんと早崎さん。

「机の上にうちわがあったよね？」

「勉強の邪魔になるから下に置いたけど――あった」

うちわを片手にルフさんの前に座る俺。

改めてルフさんの顔を見ると、いつもより赤くなっているのが容易にわかる。

早速パタパタと扇《あお》ぐと、彼女の金色の前髪がふわりと浮いた。

「ティトリーちゃんがスポーツドリンクを買いに行っているらしいけど、僕はアイスを買ってくるよ。カップアイスなら体に当てて冷やせるし。ついでに皆のおやつとしても良いだろうしね」

「ありがとう。助かるよ」

財布を持って部屋を出て行くすばろう君。判断と行動が早い。

うちわを扇ぎ続けていたら、ネロリーちゃんが俺の隣に並んで座った。

「渡良瀬《わたらせ》さん。顔だけでなく体にも風を送ってもらえますか？」

「うん。わかった」

要望通りにうちわを体に向ける。

しかし続くネロリーちゃんの行動を、俺は全く予測することができなかった。

「もっと冷やすためにここも開けて――」

「――――ッ⁉」

なんとネロリーちゃんは、ルフさんの浴衣の胸元を大胆に開いてしまったのだ。

全部はだけさせたわけではないので、大事な部分は見えてはいない。

が、下着は着けていないわけで……。

「あっ。脚も涼しくした方が良いですよね」

俺の反応には目もくれず、ネロリーちゃんは続けて太腿《ふともも》にかかっていた浴衣もペロリと捲《めく》る。

いやいやいや！　ご主人様の体だぞ⁉　良いのかそれで⁉

「ネ、ネロリーちゃん⁉」

異変に気付いた水瀬さんが、声をひっくり返して飛んでくる。

同じく早崎さんもやって来て、無言のまま俺を冷たい目で睨《にら》んできた。

限りなく冤罪《えんざい》だ。俺は何もやっていない。

「私が代わるね」

「はい……」

水瀬さんの申し出に素直に頷き、うちわを渡す俺。

その方が助かる。これでセクハラだと訴えられたら堪《たま》ったもんじゃない。

ん。ちょっと待てよ……。

思い返せば初対面のルフさんも際《きわ》どい格好だったし、もしかしたらエルフの羞恥心は日本人の感覚とズレているのかもしれない。

とはいえそれを抜きにしても、ここは女子に任せるのが最良だろう。

しかし、途端に手持ち無沙汰になってしまった。今の時点で俺にやれることがない。

ルフさんを視界に入れないよう部屋の隅に移動する。

ちょっと後ろめたいな……。せめて早く回復するように、雨乞いみたいに祈ってみるか？　いや、雨乞いなんてやったことないけど。

「買ってきたよ！」

そのタイミングでティトリーちゃんが戻ってきた。聞いていた通り、スポーツドリンクを数本抱えている。

「あれ、渡良瀬さん。どうしたんですかこんな所で？」

「えーと。俺の出番はもうなさそうかなって……。とにかく早く飲ませてあげて」

「そうでした！　ご主人様！」

慌ててルフさんに駆け寄るティトリーちゃん。

ルフさんは皆に支えられながら体を起こし、スポーツドリンクを飲ませてもらう。

この調子だと大丈夫そうだな。

「アイス買ってきたよ！」

すぱろう君も戻ってきた。かなり早いな。

しかしあられもない姿のルフさんを見るなり、彼も俺と同じく部屋の隅っこの住人になるのだった。

やっぱり問題アリだよなぁ、あの格好。

ひとまずルフさんの体の火照《ほて》りを冷ます目的と共に、皆でアイスを食べることに。シンプルなバニラアイスだからこそ、この状況も相まって染《し》みる……。

どうなるかと思ったけど、宿に来て最初のハプニングは何とか解決しそうで安堵《あんど》したのだった。

「ふぅー……」

一息吐《つ》きながら天を仰ぐ。

常に湯船から立ち上る湯煙が視界を覆っていて、端の方までは視認できない。

あれからルフさんの看病をする女子たちから、休憩も兼ねてお風呂に入ってきたらどうかと提案され、今に至っている。

まだ夕方にも拘《かかわ》らず、大浴場にはそれなりに人がいた。

ここの他にも、外の露天風呂《ろてんぶろ》を含めて四種類の風呂があるらしい。さすがは温泉街だ。俺が今入っているのはお湯が白いタイプの風呂だ。根拠はないが、浸《つ》かっているだけで健康になっている気がする。勉強で疲れた脳にも効いていたら良いのだけど。

「俺、そろそろ上がるよ」

「ん、そうかい。僕は他のお風呂も回ってから帰るから、まだ時間がかかるって皆に伝えておいて」

「わかった」

すぱろう君の言葉に頷《うなず》き、俺は宣言通り先に湯船から出る。

俺はもうここだけで満足というか、かなり体が温まってしまった。他の風呂を巡っていたら、ルフさんみたいにのぼせて倒れてしまいそうだ。

温泉巡りを趣味にするのは無理だなと、脱衣所に向かいながら思うのだった。


一足先に戻った俺を迎えたのは、しんと静まった部屋と、一人布団で横になっているルフさんだけだった。

「あれ？　皆は？」

「お風呂に行ったよ。妾《わらわ》はもう大丈夫だし。ティトリーとネロリーも中途半端《ちゅうとはんぱ》に上がらせてしまったから、今度はちゃんとゆっくりしてほしくて」

「そうですか」

さすがにある程度回復したからか、ルフさんは既にあられもない格好ではなくなっている。良かった。

とはいえ、改めてルフさんの浴衣姿を見ると意外と似合っていることに気付いてしまい、先ほどとは別の意味で直視できなくなった。

気付くんじゃなかった。何か気まずい……というか気恥ずかしい。

「そうだ。お風呂から上がってちゃんと水分は摂《と》った？」

「いえ、まだです」

「ダメだよ。倒れる前に飲まなきゃ」

倒れた本人に言われると説得力が凄《すご》いな。

「冷蔵庫にジュースがあったよね。羽椰世《はやせ》ちゃんは飲んで良いって言っていたし、それを――」

しかし――。

布団から起き上がり、冷蔵庫に向かうルフさん。

「あっ――」

急に立ち上がったせいか、ふらついて足をもつれさせてしまう。

考える間もなく、俺は彼女に駆け寄っていた。

そして下からルフさんの体を支え——られたのは一瞬だけ。

予想外の重みに踏ん張りがきかず、そのまま視界は反転して——。

ドサリ。

布団《ふとん》の上に、二人折り重なるようにして倒れてしまった。

見えるのは高い位置にある天井の木目。

心臓の鼓動が速いのが自分でもわかる。想像以上にビックリした。

顔に柔らかい髪が当たっていてくすぐったい。

腹にも当たる柔らかい感触——には意識を持っていくな俺。

とりあえず起きなきゃ。でも上にルフさんが乗っていて動けない。

ルフさんの「ご、ごめん……」という声が間近で俺の鼓膜を震わせ、やや混乱気味だった俺の頭をさらにかき回す。

近い近い近い。いや、これ近すぎるって。近いからルフさんからかなり良い匂いが——ってだからそういうことを考えるな俺！

と、いきなり胸の辺りが軽くなる。

天井の木目が見えなくなるが、代わりに現れたのはルフさんの顔。

ルフさんは真《ま》っ直《す》ぐ俺の目を見つめる。

しばしそのまま流れる時間。

なぜかルフさんは視線を逸《そ》らさず、動く気配もない。

な、何だこの状況は……。

そんなに間近で見つめないで!?

そもそも何で俺を見下ろしたまま動かないんだ!?　壁ドンならぬ床ドン!?　何で俺に!?

さすがに恥ずかしくなってきたが、彼女の意図がサッパリわからないし動くに動けない。

ルフさんがようやく言葉を発したのは、それからさらに十数秒経《た》ってからだった。

「あの……渡良瀬《わたらせ》さんって、もしかして以前……」

「え……?」

「あー、サッパリした！」

「――――!?」

いきなり部屋に響いた水瀬《みずせ》さんの声。

ルフさんは部屋の隅まで一気に飛び退《の》いた。

バッタもビックリな瞬発力と跳躍力！

ただ、俺としては正直助かった。あのままでは恥ずか死していた可能性がある。そんな死因があるかは置いといて。

ちなみに俺もすぐに起き上がり、今は何事もなかったかのように冷蔵庫の前に移動している。

自分に瞬間移動の特技があるなんて知らなかった。人間、やる時はやれるもんだな……。代償として、心臓はかなりの爆音を鳴らしているけれど。

「あれ、ルフさん。そんな隅っこでどうしたの？」

「ちょ、ちょっとリハビリ代わりに、運動をと思って……」

額からだらだらと冷や汗を流しながら答えるルフさん。顔も真っ赤だ。

つまり、さっきの行動はルフさんとしても恥ずかしいものだったということだよな……。

「そうなの？　無理したらダメよ」

早崎《はやさき》さんは何の疑いもなく、ルフさんに心配の眼差《まなざ》しを向ける。

ひとまず、二人には俺たちの姿は見られていないと考えて良さそうだ。

「う、うん」

それ以上答えようがなかったのだろう。ルフさんは素直に頷くと、すごすごと布団に戻っていく。

「あ、テレビつけて良い？」

動揺を隠すためかどうかは知らないが、続けてルフさんが早崎さんに聞く。

確かに俺も何か音が欲しい。まだ心臓が鳴っているのは自分でもわかるから。

「良いよ。今日はもう勉強会はお開きにするし」

「え、そうなの？」

「ことりちゃんはまだ勉強したいの？　それなら考えるけど……」

「いや、大丈夫！　今日は休んで明日頑張ろう！」

水瀬さんの現金な態度に、忍び笑いを洩《も》らす早崎さん。

まあ、既にお風呂に入って頭もリラックスモードになってるもんな。それにテスト前というわけではないし、そこまで無理に頑張る必要もないだろう。

俺は冷蔵庫を開けて、ようやく目的であったジュースを手に取った。

滅多に見ない瓶の炭酸ジュース。よく冷えていて美味《うま》そうだ。

「二人も飲む？」

「あ、飲むー」

「私はオレンジジュースが良い」

何とかいつも通りの空気を醸《かも》し出すことに成功し、内心ホッと安堵する俺。

それにしても、ルフさんは俺に何を言いかけたんだ？

炭酸ジュースを飲みながら、横目でチラリとルフさんを見る。

しかし、それで彼女の心がわかるはずもなく。

それどころか、綺麗《きれい》な横顔を見たら先ほどの光景が脳内に甦《よみがえ》ってしまい、慌てて頭を振る羽目になってしまった。

綺麗——なんだよな、実際。行動がポンコツだから忘れかけていたけれど。

当のルフさんは先ほどのテンパり具合が嘘《うそ》のように、真剣な顔でテレビに見入っている。

俺もつられてテレビを見ると、天気予報が流れている最中だった。

確か、旅行が終わった次の日から雨の予報が続いていたはず。

そんな前情報を思い浮かべながら見ていると、大きな天気図に画面が切り替わった。

『この南の海上にある低気圧ですが——』

真剣な声の気象予報士が、指し棒を使いながら説明を続ける。

『発達しながら日本に接近する見込みです。かなり珍しい季節外れの台風となるでしょう。今後の情報にくれぐれもご注意ください』

「台風……」

ポツリと呟《つぶや》くルフさん。その顔はいつになく険しい。

「五月に台風？　珍しいね」

「しかもこっちに来てるみたい」

水瀬さんと早崎さんも、いつの間にか天気予報を注視していた。

実家周辺は台風が滅多に上陸しない土地だったので、小学生の時は学校が臨時休校になるかどうかワクワクしていたのだけど——。

高校生活が楽しい今となっては、あまり嬉《うれ》しいものではない。というか率直に来ないでほしいと思ってしまう。

ルフさんの顔は険しいまま変わらない。

一体何を考えているのか——。

その顔からは窺《うかが》うことができないのだった。


その後は豪華な料理に舌鼓《したつづみ》を打ったり、年甲斐《としがい》もなく枕投げで盛り上がったり、またお風呂に入りに行こうとするルフさんを皆で止めたり——と色々あってから就寝。

自分で思う以上に体は疲れていたらしく、布団に入って間もなく、意識はなくなってしまった。

次の日も勉強会は早々に切り上げ、街中の散策をして楽しんだ。

早崎さんの勉強は大丈夫だろうか——と思ったけど、本人が「何とかなるでしょ」と言っていたので、まぁ何とかなるのだろう。たぶん。

とにかく友達との旅行は、俺にとっては本当に楽しくて——。

正直、「楽しかった」という感情が大きすぎて、既に詳細が曖昧になりかけている。

だって、皆で土産物屋を見て回るだけで面白かったんだもん。

それは中学生まで「ちょっと変わっている」と周囲からほんの少し心の距離を置かれていた俺としては、本当に初めての感情と経験だったわけで。

いや。昔のことを思い出しても特に良い気分にならないし、これ以上はやめておこう。

楽しい感情に支配されて詳細が薄れかけている中、それでもハッキリと覚えていることはある。

それは二日目のお風呂《ふろ》の後。戻ってきたら部屋に一人で、その直後ルフさんが部屋に入ってきた時だった。

「あの……渡良瀬さん。帰ったら少し、お話ししたいことが——」

その言葉は水瀬さんがタイミング良く部屋に戻ってきたから、最後まで紡《つむ》がれることはなかった。

でも、重要な部分は確かに俺には伝わった。

話したいことって何だろう？

その後からはそれで頭がいっぱいになってしまって、旅先を楽しむどころではなくなってしまった。

『あの……渡良瀬さんって、もしかして以前……』

以前、何だ？

知らない間に何か俺やらかしてしまったのか？

少し眉が内に寄ったあの時のルフさんの顔が、しばらくの間俺の頭に居着いてしまったのだが――。

アパートに帰ってもルフさんはその話の続きをすることもなく、普通に別れてしまった。

チラチラと周りを気にしてはいたので、たぶん機会は窺っていたのだと思う。けれど、その機会が訪れなかった。

それはつまり、他の人の前では聞けないことだったから――なのではなかろうか。

十話　正体

朝、玄関を出た俺は空を見上げて思わず溜《た》め息《いき》を吐《つ》いてしまった。

天気予報の通り、昨日からしとしとと降り続ける雨。

これから連休明けの登校だというのに、朝から雨だとちょっと気持ちが落ちてしまう。

足元が濡《ぬ》れるのが地味に嫌なんだよなあ。それに、部長が連休明けにまたハゲ山に行こうと言っていたのに、この様子だと当分の間は無理だろうな。

「あら、おはよう。よく降るわねえ」

突然横から声をかけられて振り向くと、一〇三号室の永島《ながしま》さんが傘を手に玄関から出てきたところだった。

「おはようございます。しばらく雨が続くみたいですね」

「台風が来てるんですってね。この辺りってあまり雨が降らないうえに天災も少ないから、本当に珍しいわ」

永島さんは雲に覆われた空を見上げながら言う。俺もつられて視線を上げるが、先ほどと同じく、灰色の空から大量の水滴が落ちてくるのが見えるだけだった。

あれから低気圧は台風に発達。旅館で見た天気予報の通り、俺たちの地域に向かって来ている最中だ。

とはいえ、まだ接近はしていないので今のところ風はほとんどない。上陸するのは明日になるだろうとの予報だ。

風はないが、雨はそれなりに強いのが憂鬱の一因でもある。ここではないが、県内の離れた所では一日の降水量が歴代記録を更新したらしい。あまり嬉しくはない更新だ。

「気を付けていってらっしゃいね」

「ありがとうございます。永島さんも」

俺の返事に永島さんはニコリと微笑《ほほえ》んでから、傘を広げて駐車場へと向かっていく。

その後ろ姿をしばし見送ってから、俺も覚悟を決めて学校へ行くのだった。


放課後の部活の時間。

元々ハゲ山に行く予定だったのに、昨日に引き続き今日も行けないとあって、部室内はちょっと沈んだ空気になっていた。

制作に行き詰まっている先輩もチラホラといるらしく、額に手を当てたまま動かない人がいる。

山に行けば気分転換にもなるし、新たなインスピレーションが湧く可能性もある。それを雨で妨害されてる状態だもんな。空気も重くなるというものだ。

「ねえ。渡良瀬《わたらせ》さんはハゲ山の麓にあるアパートに住んでいるんだよね？」

突然、小声で話しかけてきたのは林灘《はやしなだ》さん。部活内で唯一の同級生だ。

「え。そうだけど……」

学校もハゲ山の麓だけど、そもそも山自体がかなり横に広かったりする。

というか、ちょっと待て。

「どうしてそれを知ってるの？」

「水瀬《みずせ》さんの友達から聞いたから」

「あぁ……」

これまでの教室での出来事を思い返し、すぐに納得してしまった。

やはり、彼女と同じアパートに住んでいることは知れ渡ってしまったか。

ただ、別のクラスの林灘さんの耳にまで届くとは思っていなかった。こういう話題の広がり具合を、ちょっと舐《な》めていたかもしれない。

とはいえ変な噂《うわさ》は早崎さんが黙っていないだろうから、今のところ同じアパートの住民という認識だけだろう。……そう思いたい。

「それで？」

「うん。実は私の家も学校とはほぼ反対側の麓にあるんだけど――。昨日から庭に、小さな小石がパラパラと山から落ちてきているの。渡良瀬さんの所はどうなのかなと思って」

「俺のアパートは特にそういうのはないけど」

「そうなんだ。うーん……」

林灘さんは眼鏡の縁を軽く摘まみ、小さく唸《うな》る。

「うちだけなのかな。お母さんは心配しなくても大丈夫だって言ってるけど、台風が来るからちょっと怖いなと思って」

「確かに、それは不安だね……」

咄嗟《とっさ》に頭に浮かんだのは、土砂崩れという単語。

元々木が少ない山だ。雨で地盤が緩んでいる可能性もある。

「早めに避難した方が良いかもしれないね」

「うん。やっぱり親に相談してみる。渡良瀬さんも気を付けて」

「わかった。ありがとう」

林灘さんは話したことで少し胸のつかえが取れたのか、また前を向いて作業に戻る。

土砂崩れか……。

仮にハゲ山が崩れてしまったら、被害はとんでもないことになってしまうだろう。何せかなり広い山だ。

ふと、すぱろう君が言っていたことを思い出す。

彼の曽《ひい》お祖父《じい》さんが植林に乗り気ではなく、今この状態なのだという。

だけど、もしかしたらそのせいで――。

……いや。起きてもいないことで胸を痛めるのはやめないと。

俺は一度瞼《まぶた》を閉じ、気持ちを入れ替えてから制作作業に戻るのだった。


学校から帰っている最中、さらに雨脚は強くなった。

朝と違い風も出てきている。台風の接近が少し早くなったのかもしれない。

アパートの軒下で傘をバサバサとさせて雫《しずく》を落としていると、急にルフさんの部屋のドアがガチャリと開いた。

「あ、こんにちはルフさん。雨強くなってきま――」

「突然ですが渡良瀬さん！　部屋に上がってもらえませんか？」

俺の言葉を遮り、いきなりそう誘ってきた。

いつもなら動揺しているところだが、その顔はいつになく真剣で、俺は直感でわかってしまった。

これはたぶん、旅館で言いかけたことの続きだ――。

「……わかりました」

断るという選択肢はない。俺は頷《うなず》くと、久方ぶりに彼女の部屋の玄関をくぐるのだった。

相変わらず部屋の隅々には植物が置いてあり、目に優しい色合いだ。

そして、ゲームがずらりと並んだ例の部屋へ。

ティトリーちゃんとネロリーちゃんが正座していて、否《いや》が応でも緊張してしまう。

二人とも、何でそんなに畏《かしこ》まっているんだ？

俺、気付かない間に本当に何かやらかしてしまったのか？

「こちらにどうぞ」

「あ、はい……」

ルフさんに促され、敷かれた座布団《ざぶとん》に座る俺。当たり前のように正座してしまった。

緊張感にやられ、ゴクリと生唾を飲み込む。

ティトリーちゃんとネロリーちゃんの間に座ったルフさんは、一度目を閉じて深呼吸をした後、意を決したように切り出した。

「あの、旅館では聞きそびれてしまったのですが——。以前からちょっと気になることがありまして。ぐ、具体的に言うと山で会った時なんですが、確証は持てなくて……。でもとにかく、モヤモヤとしたものは感じ取っていて、ええと——」

「ご主人様。落ち着いてください」

「焦《あせ》らずに、ですよ」

ティトリーちゃんとネロリーちゃんに言われハッとするルフさん。

改めて佇《たたず》まいを正してから、再度俺の顔を見た。

「へ、変なことを言っていると思ったら聞き流してください。渡良瀬さんは妾《わらわ》たちのこと、エルフだと思ってますか？」

「え？」

まったく想定していなかった質問に、俺は思わず目を点にしてしまった。

何で今頃、そんな当たり前すぎることを？

「どこからどう見てもエルフだと思っていたんですが……」

「………」

なぜか絶句するルフさんたち。

え、マジでこの反応は何？

一体どういう意味なんだ？

「あの、もしかして違うんですか？　エルフじゃなくて違う呼び名があるとか？」

「………………」

俺の疑問にも、三人はすぐに答えてくれない。

明らかに困惑しながら顔を見合わせている。

「え、えーと……」

ルフさんがおもむろに立ち上がり、とある棚の引き出しを開けた。

「これを見たことがあるって、以前言ってましたよね？」

そしておずおずと差し出してきたのは、例の『芸術作品』。

犬のようなそうでないような、木の枝を組んで作られたアレだ。

「はい。そうですが……」

「見えた……んですね」

「まあ、はい」

何だこの質問？　全然要領を得ないんだが。

「ちなみに、触ったことは？」

「あります。子どもの頃に」

「あぁ、だから……」

俺の返答に何か納得した様子で、ルフさんは瞼を閉じた。

そういえば山でルフさんと会った時、触ってはいけないと言われたんだよな……。

やっぱりマズかったのか？　そういうことだよな？

「俺が何かやらかしてしまっていたのなら、謝ります……」

「いえ、決して渡良瀬さんが悪いということはないんです！　たまたま、渡良瀬さんがエルフと波長の合う体質だっただけというか」

「波長……？」

「はい。実はこれ、普通の人には見えない物なんです。作る時にそういう施術をしていますので。でも、渡良瀬さんには見えていた」

「それが、波長が合っていたから……ですか？」

こくりと頷くルフさん。よくわからないけど、俺が特殊体質だった――てこと？　マジで？

「人間の中で、とても珍しい血液型を持つ人がいますよね？　ＡＢＯAB、それぞれのRh-――以外の血液型を持つ人。それの霊感バージョンと思ってもらえたら」

「な、なるほど……？」

つまり、霊感の中でも超超珍しいやつ――ってことかな。

「でも俺、今まで一度も霊なんて見たことないですよ？」

「まあ、妾たちは霊ではないですからね」

「あ、はい」

なんとなくわかったような……気がする。

「そして妾たちの物に以前触れていたから、渡良瀬さんには魔法が効いていなかったんだなぁと納得しました」

「魔法？」

それまでの話もなかなかだったが、さらに現実離れした単語に、思わず眉を寄せてしまった。

「はい。実は私たち自身に、『周囲の認知を曖昧にする』魔法をかけております」

ルフさんから引き継ぐ形でティトリーちゃんが答える。

「周囲の認知を曖昧にする……」

「私たちは皆さんと明確に容姿が違います。でもこの魔法のおかげで、皆さんには『そこにいる当たり前の存在』と認識してもらっている――というわけです」

「――――！」

続くネロリーちゃんの説明は、ずっと俺が疑問に思っていたことの答えでもあった。

「だからルフさん達がエルフということを、誰も指摘しなかったのか！」

「そういうことです」

「おかしいと思ったんだよ……」

明らかに人間じゃないのに、誰も気にしないんだもん。この地域では俺の感覚の方が異常なのかと思ってたわ。

「あれ？　でもそれじゃあ、どうして俺は――」

「その原因がコレなんです」

再び例の芸術作品を指差すルフさん。

「コレには『ジャラエド』という正式名称があるんですけど……」

「ジャラエド」

まったく聞いたことのない響きの単語で、不思議な感じがする。

「はい。私たちエルフの――もっと言えばご主人様の魔力を込めたジャラエドに渡良瀬さんが触れていたことで、認知を曖昧にする魔法が効かなかったと考えられます」

ティトリーちゃんの説明は、あることを彷彿《ほうふつ》とさせた。

「つまり、予防接種みたいな感じ？」

「概《おおむ》ねその認識で合ってるかと」

はあー……。なるほどなぁ……。

正直に言うと、さっきから常識外のことばかりを言われてちょっと困惑気味だ。でもこれまでの疑問の答え合わせでもあるので、頭は納得している。

「認知を曖昧にする魔法にもジャラエドにも、『魅了』のエッセンスが入っているもんね」

魅了――。

皆がルフさん達に好意的だった理由はそれか。

「そして渡良瀬さんがジャラエドに惹《ひ》かれたのも、それが原因だと思う……」

ルフさんの語尾が沈んだ理由を、俺は察することができてしまった。

つまり、俺の『好き』はエルフの魔法によるものだったと。

俺の進路を決めたものが、魔法の効力の結果――。

そうルフさんは言っているのだ。

「……ごめんなさい」

消え入りそうな声でルフさんが謝罪するが、それには違和感を覚えた。

あの全身を駆け巡った衝撃が魔法によるものだったというのは、まぁ納得できるのだが――。

それでもやっぱり、腑《ふ》に落ちない。

「どうしてルフさんが謝るんですか。そもそも俺が不用意に触れたから悪いのであって。あとその『魅了』の魔法、そんなに長く効くものなんですか？」

突然の俺の質問に驚いたのか、三人は一斉に目を見開く。

「え……？」

「ど、どうだろう？　どんなに長くても一ヶ月くらい……？」

「ほら！　やっぱりルフさんは悪くないですって！　だって俺、高校生になるまでずっと忘れられなかったんですよ。確かにきっかけは魔法の効果だったかもしれないけど――途中で興味を失わなかったわけだし、それにさっき言ったじゃないですか。俺はエルフと波長が合う体質だって！　だからこれは、確実に俺の感情です！」

「渡良瀬《わたらせ》さん……」

俺が強く言い切ったことで、胸のつかえがおりたのだろう。ルフさんの目が少し潤んだ。

「そもそも、俺が触れたのはここから遠く離れた場所です。だからあれはルフさんが作ったわけじゃ――」

「いいえ。渡良瀬さんが触れた物は、間違いなく妾が作った物です」

「え……？」

「後ほど詳しく説明しますが、ご主人様は嘘《うそ》は言っていません」

「それにこちらの世界には、私たちの他にエルフはいないのです」

ルフさんに続き、ティトリーちゃんとネロリーちゃんが断言した。悲しいほど力強い声で。

「この世界に来たのは、本当に偶然でしかなく……」

「奇跡、としか言いようがないのです……」

そして二人は視線を落とした。

「一体、三人の身に何があったんですか?」

「逃げてきたんです。全てから……」

ポツリと呟《つぶや》くルフさんの顔は、今にも消えてしまいそうな儚《はかな》さを含んでいた。

「妾の住んでいた場所は争いが絶えなかったんです。『森の守り人』という名の下に、森に仇《あだ》なす行為をする者ははどんな些細《ささい》なことでも許さず、罰してきた——」

初めて聞くルフさんの故郷の話は、いきなり重い雰囲気で始まった。

俺はただ黙って耳を傾ける。

「エルフは決まった国を持たず、個人が寄り集まった部族単位で暮らしています。そして各部族はそれぞれに誇りを持ち、プライドが非常に高い。森を守るのは自分たちの役目であると、信じて疑っていないのです。いつしか各部族の縄張り争いが激化していき、お互いに死人が出る状況にまでなってしまった。そんな折、妾《わらわ》たちの長《おさ》が殺されてしまった……」

「その長こそが、ご主人様のお父上だったのです」

ティトリーちゃんの補足に、咄嗟《とっさ》に息を呑《の》んでしまった。

殺人なんて、俺からしたらニュースの世界でのことでしかなかったのに。まさか、ルフさんのお父さんがそんな目に遭っていたなんて――。

「父が亡《な》くなってしまったから、次に部族をまとめるのは娘である妾。それはわかりきっていたことなのに――。どうしても嫌だったんです。同じエルフ、同じ志を持っている者同士なのに、争うのはおかしいと。でも、争いを止めたい妾の言葉に、誰も耳を傾けてはくれなかった。だから――」

「逃げてきたと……」

沈痛な面持ちでルフさんは頷《うなず》く。

それは生半可な決意ではなかっただろう。

だって生まれ育ってきた場所、関わってきた人達すらも捨てて逃げるということだ。

「たくさんの死を見てきました。武器を使った殺し合いです。凄惨のひと言でした。昨日言葉を交わしたエルフが、惨《むご》い状態で見つかる――。それが本当に、妾には耐えられなかったのです。でも部族のエルフたちはそれを見てさらに『報復を』と……」

「憎しみの連鎖が止まらなかったんですね……」

「妾では止めることができませんでした。だから諦めて逃げた。情けないです……」

「でも、争いを止めることを選んだルフさんを、俺は情けないとは思わないですよ」

「……ありがとう」

　ほんの少しだけ、ルフさんの口角が上がった。

「どうやってこの世界に？」

「森を出た妾たちは人間の国へ行き、親切な魔法使いの人に出会いました。その方に禁忌の魔法を使ってもらい、こちらの世界に送ってもらったんです」

　どんどん話がファンタジーになっていく。まさにゲームみたいな話というか。

　だけどルフさん達の真剣な表情から、嘘など言っていないことだけはわかる。それだけは確実だ。

「行き先などまったくわからない。送られた先が溶岩の中や海の底の可能性もある。時代だって過去なのか、それとも未来なのかも選べない。そもそも、生き物が暮らせる土地なのかもわからない――。それでも妾は転移を望みました。あの世界から逃げることができるのなら、と」

そこまでの覚悟をもって、この世界にやって来たのか……。

「そして行き着いた先が、この辺りでは『ハゲ山』と呼ばれているあの山で――。そこで、すぱろう君の曽《ひい》お祖父《じい》さんと出会ったんです」

「こっちの世界に来た瞬間に会ったんですね」

「最初は警戒されたけど、すぐに認知を曖昧にする魔法をかけたから助かったんです」

そんな昔から使っていた魔法だったのか。

すぱろう君一家は元より、早崎《はやさき》さん一家ともずっと昔から知り合いだったって話だもんな。そう考えると、ルフさん達にとっては命綱とも呼べる魔法だったというわけか。

「すぱろう君の曽お祖父さん――カズオは、この世界に来て何をしたら良いのかもわからない妾に、手を差し伸べてくれました。住む場所もないと言ったら、すぐに早崎さんの家に掛け合ってくれて――。それから平屋建ての小さな家を用意してくれたんです。それがこの世界に来て初めての家でした。もう取り壊されてなくなってしまってますが……」

懐《なつ》かしむように、どこか遠くを見ながらルフさんは言った。

なるほど。そんな経緯があったのか。

「でも、いくら魔法の効果があったとはいえ、よく家まで用意してもらえましたね」

「当時、戦争が終わって間もない頃だったらしくて――。住む場所がないという人は、それほど珍しくなかったそうなんです。転移した先まで争いがあったことにショックを受けて、当初は来たばかりなのに帰りたいと思ってしまったんです。自分で選択した道であるにも拘《かかわ》らず……」

あ、なるほど。すぱろう君と話した時に聞いた、ルフさんが『帰る方法がわからない』と言っていた云々《うんぬん》は、この時のことだったのか。

「でも、しばらくこちらの様子を見ているうちに、その気持ちは薄れていきました。むしろ、この場所でまた戦争が起きる可能性は低いだろうと。争いを続けよう――なんて息巻いてる人が皆無でしたから。それだけは、元の世界のエルフ達と決定的に違ったんです」

「…………」

戦争に関しては、歴史の教科書の出来事としか捉えてなかったけど――。

でも確かにあったことなんだよな。

それがエルフの口から語られるのは、かなり不思議な気分だ。

「それから、この世界での生き方を少しずつ吸収していきました。あの頃の暮らしは、大変だったけどそれでも楽しかった」

「森の中ではなかったけど、自給自足なのは元の世界と変わりませんでしたからね」

ネロリーちゃんの言葉に二人とも頷く。

そうか。今ではすっかり文明に染まっているけど、昔はそんな暮らしをしていたのか。

「こちらの生活に慣れてきた頃、妾はカズオに世話になったお礼がしたいと申し出ました。でも、カズオは首を横に振るばかりで……。そんなある日、ハゲ山を見ながらポツリと彼が呟いたんです。『元の山の姿が見たい』って」

「元の山の姿……」

「はい。戦争で焼けてしまって、あのような無残な姿になってしまったと。あの山には戦争で亡くなってしまったカズオの奥さんと一緒に植えた木もあったみたいですが、それも一緒に……」

「カズオさんが植林を進んでやらなかったのは、奥さんと共に植えた木のことが、ずっと忘れられなかったからみたいです。でも当時は戦争直後。また同じ木を植えることは難しい状況でした」

ティトリーちゃんが淡々と続ける。

俺は相づちすら打てなかった。

どんなに想像しても、当時のカズオさんの心の痛みは俺にはわからない。わからないけど、ただとてつもなく悲しかったということだけはわかった。

「その時、妾の『お礼』は決まりました。この山をカズオの望む通りの姿に戻そうと。それが『森の守り人』であるエルフの——妾の役目でもあると」

ルフさんが言った直後、俺は思い出した。

バーベキューの時、憂いを帯びた目で山を見つめていたルフさんの姿を。

しばしの沈黙。

風で窓枠がカタカタと震える音と、雨の音が部屋の中に響く。

台風の進む速度、上がったのかな？　風が強くなってきた。予報では上陸は明日だと言っていたけれど、この様子だともっと早まるかもしれない。

ルフさん達も風が強くなっていることに気付いたのか、少しの間窓を見つめていた。

「すみません。前置きが大変長くなりました。渡良瀬さんを呼んだ本当の理由は、そのハゲ山のことなんです。ティトリー」

「はい」

ルフさんに呼ばれたティトリーちゃんは返事をすると、ゲームの並んだ棚から、とあるパッケージを取り出して戻ってきた。

あ……。

この何も描かれていない無地のパッケージは、女子会の時に俺が見たやつだ。

でも、どうしてこのタイミングでゲームを？

俺の疑問はそのまま顔に出ていたらしく、ルフさんは困ったように頭を掻《か》く。

「えーと。どう説明しよう……」

「ありのまま、事実を言う外ないかと」

ネロリーちゃんの冷静な助言に、ルフさんは肩を落として「そうだよね……」と呟く。

現状、何が何やら俺にはサッパリだ。

ハゲ山とこのゲームに何の関係が？

ルフさんはゲームの表面に指をなぞらせながら、ゆっくりと口を開いた。

「信じられないかもしれませんが……。実はこのゲームの中に、ハゲ山の失われた部分を再現しました」

「…………は？」

誇張ではなく、たぶん俺の目は本当に点になっていたと思う。

何を言われたのか全然わからなかった。

「やっぱりそういう反応になっちゃいますよね……うぅ……。でも嘘じゃないんです」

これまでの真面目な雰囲気とは一転、いつもの気弱そうなルフさんに戻ってしまった。

もしかしてゲームが絡《から》んでいるからか？

「す、すみません。さっきから現実離れした話が続いて、さらにコレなので頭がパンクしかけてます……」

「渡良瀬《わたらせ》さんは全然悪くないです。信じられなくて当たり前なので……。ネロリーとティトリーが『出張』で度々いなくなっていたのは、このゲームの中に入っていたから——と言ったらさらに混乱しちゃいますよね……」

何だそれは⁉

混乱どころの話じゃないよ！

出張先がゲームの中だなんて、普通は一ミリも想像できないよ！

……と、言いかけた自分を何とか律することができた。

直感で理解したのだ。きっとこの先も、俺の理解を超えた話が続くだろうと。

「既に頭の中はぐっちゃぐちゃですが……でも何かもう、慣れてきた自分もいます……」

エルフという存在が、そもそも現代日本には規格外なわけで。

一々驚いていたら頭と体が持たないぞ——という気持ちになってきた。

ええい！　もう開き直る！　とりあえず一旦全部受け止める！

自分の頬をバシンと両手で叩《たた》く。

俺の突然の奇行に、三人は目を丸くしてぽかんと口を開けた。

「だ、大丈夫ですか？」

「大丈夫です。問題ないので続けてください」

「は、はい……。では改めて。妾《わらわ》たちはカズオから聞いた話を元に、このゲームの中に本来の姿の山を再現しました――というところまでは大丈夫ですか？」

「大丈夫じゃないけど、たぶん大丈夫です」

「……はい。で、このゲームの中に再現した山を、後はハゲ山に『移植』すれば完了です」

「なるほど……」

理屈はわかんないけどわかった。

……嘘《うそ》です。全然わかりません。

とにかく、この世界の人間では到底無理な方法で何とかするってことですよね。

ルフさんは、再び例の芸術作品――ジャラエドを俺の前に出す。

「実はこれ、縄張りを主張する物って説明したと思うんですが、それは広義の意味でしかなく。本当は、もっと別のことに使用する物なんです」

「別のこと？」

「ジャラエドは四つ一組で使います。四方を囲った中に置いた物、Ａの場所にある物と、別の所に置いたBの場所にある物を入れ替える――という機能があります。元々はエルフの部族同士の交易に使われていました。あ、常時入れ替わるわけじゃなくて、そこはエルフの魔法を使わないと発動しないんですが」

「これにそんな便利機能があったんですか……」

エルフって凄《すご》い。

遠くの物と入れ替える機能だなんて。そんな物があったら、この世界の物流に革命が起きるんじゃないか？

ん？　ということは……。

「つまり、俺が触れたジャラエドはルフさんが作った物――というのは……」

「説明する前に気付かれちゃいましたね。実はあの時、現実にある草木をゲーム世界の中の物と入れ替えることができるのか――という実験をしていたのです。ティトリーとネロリーに遠く離れた山まで行ってジャラエドを置いてもらって――。渡良瀬さんが触れたのはその時ですね。ちなみに、距離が入れ替えに影響する可能性を潰すためでした。『近くでしか成功しない』可能性があると、後々大変ですから」

「なるほど……」

他にもエルフがいたわけじゃないって、そういうことか。

まさに奇跡に近い確率で、子どもの頃の俺はジャラエドを見つけたんだな。

そう考えると因果のようなものを感じてしまう。

「あの、経緯とかは少しずつ俺も理解できてきたんですけど……。カズオさんの願いを聞いてからゲームが登場するまで、結構な時間が経《た》ってるはずですよね？　それは何か理由が？」

俺が聞くと、ルフさんはわかりやすく悲しい顔になった。

「人間の寿命とエルフの寿命が違うことを、当時の妾たちはまったく考えていませんでした。カズオの見た目だと、エルフだったらあと百年は生きていられますから。でも、人間はそうではなくて……」

そこで目を伏せるルフさん。

「しばらくの間、喪失感で抜け殻みたいになってしまったんです」

「………」

その『しばらくの間』が、俺からすればかなり長い年月のように思えてしまうのだが、ルフさん達にとっては違うのだろう。

やっぱり、エルフは人間よりも長生きなんだな。

かといって、死に慣れているわけじゃない。

エルフたちの命がけの争いにも、ルフさんは耐えられなかったんだ。たとえ種族が違う人間でも、言葉を交わしたことのある人がいなくなれば悲しくもなるだろう。

それは、俺もきっと同じだと思う。だってルフさん達が急にいなくなってしまったら――とても寂しくて悲しいから。

「でもでも、ご主人様はその間何もしなかったわけじゃないんです」

「そうです。カズオさんがいなくなっても、彼の願いを叶《かな》えるために奔走していたんですよ！」

ティトリーちゃんとネロリーちゃんが必死に主張する。ルフさんを励ましているのだろう。二人の気遣いに、ルフさんは少しだけ口の端を上げた。

「というか根本的な質問いいですか？　そもそもなぜ、ゲーム世界に入ろうと思ったんです？」

この際、『どうやって？』というのはすっ飛ばず。

たぶん聞いてもわからないだろうし、たぶん魔法で何とかしたんだろうし。

「あの山に直接手を加えることは難しいことが判明して……」

「何か問題が？」

「土が、ダメになっていたんです」

「有害な物質が、土壌に染《し》みこんでしまっていて……。ご主人様が落ち込んでいたのも、それがあったからなんです」

「そうだったんだ……」

三人の説明に、俺はどういう表情をすれば良いのかわからなくなってしまった。

遠い昔のことだけど、ただやるせなくて悲しい。

「そんな中、ゲームという物がこの世界に誕生しました。妾たちは本当に驚きました。だって小さな箱の中に、こことはまったく別の世界が広がっていたんですから！」

突然興奮しだしたルフさん。当時のことを思い出したのだろう。

「そして何年かゲームに触れて気付いたんです。ここの中なら、カズオが望んだ山を再現できるのでは——と。このゲームの中で山を育てて、そして入れ替えることができれば——と。何より、誰かの土地を奪うことなくできるというところが、大変気に入りまして」

そう繋《つな》がっていくのか。

「最初は中に入るの、大変だったよね」

「うん。ゲームをバラして機器の仕組みを理解できるまで、結構時間がかかってしまいました」

サラリと言われたけど、たぶんめちゃくちゃ凄いことだぞ、それ。

俺は理解するのをもう放棄してるけど。

「勉強という名目で、ご主人様はすっかりゲームにのめり込んでしまいましたし」

ジト目で見つめるネロリーちゃんから視線を逸《そ》らし、肩を小さくするルフさん。

「だ、だって。ゲームの中に登場する森や山のサンプルが多いほど、参考になるし良いかなと思って……」

「その割には、背景よりイケメンに熱い視線を送る方が多かった気がするのですが？」

「うう……」

さらに肩を小さくするルフさん。

本来の目的そっちのけでハマりすぎちゃったか。

まあ、人間でも壁一面にゲームを並べられるほどハマっている人は、そういないだろうし……。

叱られた子犬のように耳が垂れていたルフさんだったが、やがて気を取り直すように咳《せき》払《ばら》いをした。

「と、とにかく。ゲームもカセットタイプからディスクタイプになったり、その度に解析してを繰り返して――」

「そして行き着いたのが、これというわけです」

ティトリーちゃんがあの無地のパッケージを掲げる。

そんなに大事なゲームだったんだ。そりゃ俺が触ったら怒るはずだよ。

「このゲームの中に、再現された山が……」

こくりと頷《うなず》くルフさん。

「カズオに対するお礼という意味では、まったく間に合わなかったんですけどね……」

自嘲気味に呟《つぶや》くルフさんに、俺は何も返すことができなかった。

「さて……。ここまで詳しく渡良瀬《わたらせ》さんに説明した理由の一つは、これから交換魔法を発動させて、渡良瀬さんをビックリさせないためです」

「俺には認知を曖昧にする魔法が効かないから、ですね？」

確かにいきなり山が劇的に変わったら、腰を抜かしてしまう可能性がある。

「はい。それともう一つ。今から渡良瀬さんには、この周囲の住民の避難誘導をお願いしたいからです」

「避難誘導？」

いくらエルフの凄い魔法とはいえ、山そのものを入れ替えるんだ。それなりに危険が伴うということだろうか？

「台風が来てますよね？　妾の見立てでは、この山は台風通過まで持ち堪《こた》えられるかどうかー——というところです。長年水分を吸収する木がなかったことで、そろそろ限界を迎えようとしています」

「——————！」

ルフさんの返事は、俺の予想とはまったく違うものだった。

『森の守り人』と呼ばれるエルフのその言葉は、非常に重く俺にのし掛かる。途端に脂汗が額に浮かんできた。

「そういえば同じ部活の林灘《はやしなだ》さんの庭に、小石がパラパラと降ってきたって……」

俺が言った瞬間、三人の顔色が変わった。

「大変です！　すぐにでも魔法を発動させないと！」

「それなら、わざわざ避難しなくてもいいのでは？」

「今回の交換範囲は非常に広いので、魔法を発動させるまでかなり時間を要してしまいます」

立ち上がりながらティトリーちゃんが説明する。

「つまり、魔法が発動するまでに間に合わない可能性があると……？」

「はい。でも、まだこの地域に避難指示は出ていません。だから——」

「そういうことならわかりました。俺もできる限り協力します！」

すぐに玄関に向かう俺。靴の踵《かかと》を踏んだまま外に飛び出す。

部屋に上がった時より生温《なまぬる》い風が強く全身に吹きつけ、嫌でも台風の接近を感じてしまう。

およそ五月の夕方とは思えないほど、周囲は暗くなっていたのだった。

十一話　暴風雨のち晴れ

協力する——とは言ったものの、どうしたものか。

慌ててスマホの画面を開き、現在の台風状況を確認する。

だが先ほどティトリーちゃんが言っていた通り、この近辺にはまだ雨と風、そして土砂災害も注意報が出ているだけだ。

数時間後に注意報から警報に変わるだろうが、その時に避難を始めても遅いだろう。

続けて、この周辺にある避難所を調べる。

学校か公民館の二択か——。

とはいえ、山の麓にある学校は危険かもしれない。となると、周囲に山も川もない公民館しかない。

頭の中に避難場所の情報を入れてから、一度心を落ち着かせるために大きく息を吸って吐く。

まずは——とにかくこのアパートの人達から声をかけよう。

とはいえいきなり押しかけて行って『避難してください』と言っても、果たして聞き入れてくれるのだろうか？

傍《はた》から見ると、特筆して緊迫した状況でもない。専門家の情報と俺の情報と、どちらが信じるに値するかは比べるまでもないし。

……いや、うだうだ考えるのは後だ。

まずは隣の永島《ながしま》さんの部屋に走る。はやる気持ちを抑え、呼び鈴を少し強めに押した。

「突然すみません。渡良瀬です」

返事の前に名乗る。このアパートの通常に俺もすっかり慣れてしまった。

「はいはい」

いつもの優しい声が中から聞こえた。

間もなく現れた永島さんは、やはりいつも通り穏やかな雰囲気のままだ。

「こんな日にどうしたの？　何か困りごと？」

「困りごとというか……緊急事態なんです。今すぐここから避難してください！」

俺のいきなりのお願いに、永島さんは目を丸くした。

「避難？　警報でも出たのかしら？」

どうする？　ここは嘘《うそ》でも出ていると言った方がいいのか？

でも、それで動いてくれなかった場合はどうすればいい？

嘘を吐《つ》くのか、それとも正直に言うのか、二つの考えが頭の中でグルグルと回る。

こんな思考に時間を使っている場合じゃないのに。

「……警報はまだ出ていません。避難指示も出ていないです」

結局、俺は嘘は吐けなかった。そもそも調べたらすぐにわかることだ。

「でも、ルフさんが土砂災害に備えて避難してほしいと言っているんです」

「まあ」

再び永島さんの目が丸くなった。

「それは大変ね。急いで準備しなくちゃ」

「学校じゃなくて公民館の方が良いそうです」

「わかったわ。ありがとうね」

永島さんはそう言うと、慌てて部屋の中に戻っていく。

はう……と俺は安堵《あんど》の息を吐いていた。

俺の言うことを聞き入れてくれて良かった。

ルフさん達は言っていた。

認知を曖昧にする魔法の中に、魅了の効果も少し含まれていると。それに賭けた形だった。

つまりルフさんの言うことなら、皆は無条件に従ってくれるのではないか——と。

ひとまず賭けは成功したと言って良いだろう。

よし。この調子でどんどん声をかけていこう。次は水瀬《みずせ》さんだ。

雨に濡《ぬ》れながら外の階段を駆け上がり、勢いのまま呼び鈴を押す。

「水瀬さん。渡良瀬だけど」

「渡良瀬くん？　どうしたの？」

水瀬さんが玄関に出てくるや否《いな》や、俺は永島さんと同じく『ルフさんが避難するように言っている』と説明。

やはり彼女も同じく、何の疑いもなくその忠告を受け入れた。

改めて思うけど、エルフの魔法って凄《すご》いな……。ちょっと怖いくらいだ。

とはいえ、今に関して言えば都合が良いという外ない。

その後も俺は鹿取《しかとり》さん、そして市場《いちば》さんの家にも同様に説明。

鹿取さんは今日の仕事は休みだったらしく、ちゃんと服も着ていたので安堵した。

問題は市場さん宅だ。お姉さんの方は在宅していたけど、お兄さんはまだ仕事から帰っていないらしい。

確かにまだ十七時を回ったくらいだ。早く帰ってきてくれると良いのだけど……。いや、むしろ帰って来ない方が安全なのか？

「ルフちゃんがそう言ってたんじゃ、従わなきゃヤバそうだよねー。いっちゃんにも連絡してみる。伝えてくれてありがとうねー」

市場お姉さんは手を振ってからドアを閉めた。

ひとまずこのアパートの人達に伝えることはできたけど……。

問題はこの近所に住んでいる人達だ。

一軒ずつ回って説明するなんて、悠長なことはとてもやってられない。

でも、他に良い方法は思いつかない。

……どうすれば良いんだ？　一回ルフさんの所に戻って相談してみるか？

廊下を戻り、階段を下りようとしたその時だった。

「渡良瀬くん！」

水瀬さんが再び廊下に出てきて俺を呼び止めた。

「どうしたの？」

「あのね。羽椰世《はやせ》ちゃんにルフさんからの警告を連絡してみたの。そしたら、近隣住民を避難するために動いてくれるって！」

「そうなんだ！」

さすがは不動産屋のお嬢様！　こんな形で頼りになる日が来るなんて！

とはいえ、一体どうやって広範囲の住民にこの事態を報《しら》せるというのだろう？　防災無線を使うとか？　それが一番簡単で無難な気がする。

しかし俺のその予想は当たらずといえども遠からず――というものだとこの直後知ることになる。

ブオオオオオオン！

いきなり腹の底に響く音が、遠くの空から聞こえてきた。

音に惹《ひ》かれて顔を上げると、暗い空の中、一機のセスナがこちらに向かって飛んできているのが見える。

『こちらは早崎《はやさき》グループ、早崎俊蔵《としぞう》による広報機です。森々里《もりり》地域、山側にお住まいの皆さんにお知らせです。土砂災害の危険が迫っているとのルフさんからの忠告です。すぐに公民館に避難してください。繰り返します。土砂災害の――』

セスナ機から聞こえてくる大きな音に、俺も水瀬さんもポカンと口を開けて目を丸くすることしかできなかった。

間髪容《い》れず水瀬さんのスマホから、陽気な音楽が高らかに鳴り響いた。

「羽椰世ちゃんからだ。はいはいー」

『ことりちゃん！　お父さんに頼んで皆に避難の呼びかけをしてもらうことになったよ！』

スピーカーモードで聞こえてきたのは、やけにはりきった早崎さんの声。

「うん。ちょうど今聞こえてるよ。凄いね羽椰世ちゃん！」

『えへへ……』

ストレートに褒められ、実に嬉《うれ》しそうな声で笑う早崎さん。

凄いのは娘に言われてすぐに動くお父さんの方だと思うけど、早崎さんに対して野暮《やぼ》なツッコミはしないに限る。というか、俺が水瀬さんの横にいるのが知られたら怒られそうだ。逆に息を潜めておかないと。

「でも大丈夫なの？　強風の中飛んじゃって」

『うちのじいやは操縦のスペシャリストよ。悪天候の中を飛んだ回数も数知れず。アメリカのハリケーンにも巻き込まれかけたけど、無事に生還した過去を持つんだから！　でも良い子は真似《まね》しちゃダメよ！』

あれを操縦してるのじいやさんなの⁉

ていうか、さすがに超人すぎるわ！　そもそもハリケーンが来ているのに飛ぶな！

――と言いたいのをグッと堪《こら》える俺。

やはり持つべきはお嬢様の友達だよな！

現状、これで助かる命があると思えばそんなことを気にしてなんかいられない。

……訂正。

俺が彼女の友達にカウントされているのか怪しいので、ここでは同級生としておく。

やはり持つべきはお嬢様（常識外れ）の同級生だよな！

『私も備蓄を集めてから避難所に向かうわ。ことりちゃんも早く避難してね！』

「うん、わかった。羽椰世ちゃんも気を付けてね」

そこで一旦通話は終了。水瀬さんと目が合うと、軽く頷《うなず》いてから共に階段を下りる。

そのタイミングで、凄い勢いで駐車場に入ってきた黒い車。

あれは市場お兄さんの車だ！

「おーい！　お前ら避難する所なんだろ！　ちょうど良いから乗れ！」

窓から手を振る市場お兄さん。

どうやら車の中からも、あのセスナからの放送は聞こえていたらしい。まあ、かなり大きな音だったもんな……。あれなら少々耳が遠いお年寄りにも聞こえているだろう。

何より、近所の家々からどんどん人が外に出てきている。目に見えて効果があったのは明白だ。

傘を差して駐車場に向かっていると、後方から「いっちゃん！」という市場お姉さんの声がした。

お姉さん、お兄さんが帰ってくるまで心配だったろうな。先ほどとは違い安堵した表情に、こちらもホッとする。

「すみません。お邪魔します」

後方のドアから車に乗ると、市場お兄さんはニカッと笑ってみせた。

「おう、そんなこと気にすんな。ちょうど良いタイミングで帰ってこられて良かったぜ」

「いっちゃん、早上がりになったの？」

お姉さんが助手席に乗り込みながら尋ねる。

「まあな。今日は台風で物が飛ばないように準備してた感じだし」

お兄さんが何の仕事をしているのかは不明だけど、服装的に工事現場とかなのかな？

それは今度落ち着いてから聞いてみよう。

「鹿取ちゃんは永島さんの車で行くって」

「そうか。そんじゃこのまま公民館に向かうぞ」

気合いを込めた声と同時に、市場お兄さんはハンドルをギュルンと回す。

「いっちゃん！　飛ばしすぎないでね！」

「おうよ！」

いや、返事はしてるけど体にかかるGが凄いんですけど!?

じいやさんのリムジンとは全然違う運転操作に、俺は一抹の不安を覚えるのだった。


曲がり角の度に体にGを受け、水瀬さんの体がこっちに倒れてきてお互いちょっと気まずい空気になること、数回。

ようやく到着した公民館には、既に多くの人が集まっていた。

中に入ると、自治体の役員らしき人達が忙《せわ》しなく動き回ったり、案内の声が響いていた。

「一丁目から四丁目の人は一階の左手側の部屋に、五丁目以降の人は二階にお願いします！」

「毛布の数は足りる？」

「男は倉庫の物資をどんどん運んでくれ！」

緊迫した空気はあるけれど混乱はない。

皆で協力しようという雰囲気に満ちているおかげか、不安は湧いてこなかった。

「私たちは二階みたいだね」

「うん。おとなしく向かいましょー」

皆で揃《そろ》って階段を上がり、二階へ。

スライド式のドアを開けると、既に十人以上の人が床に座り、部屋の隅にあるテレビに見入っていた。

体育館の床のような材質。壁にはホワイトボードがあり、二ヶ月先までの予定が書かれていた。ここでは普段、ダンスやセミナーなど様々なワークショップが行われているらしい。

端の方の空いている場所を見つけ、座り込む市場さん夫婦と水瀬さん。

俺は窓に向かい外の様子を見る。

厚い雨雲のせいで、既にかなり暗くなっている。ここからはちょうどハゲ山の様子が見えるが、直に闇と同化していくだろう。

風も強くなってきていて、既に雨は横殴りになっている。

ルフさん達、大丈夫かな……。

彼女達が今からやろうとしていることを知っているのは、俺だけ。

それだけに、誰にも言うことができない。

ゲーム世界に作った山と、実際の山を交換する――。

改めて考えると、あまりにも荒唐無稽な話だ。

だけど、今はその荒唐無稽な話を信じるしかない。俺は実際にゲームの中に入ったわけではないので、本当にそんな山を作ることができたのかは知らない。それでもルフさんの言葉に妙に説得力があったから、根拠もなく信じているだけだ。

庭に山からの小石が降ってきていたという、林灘《はやしなだ》さんの言葉が頭の中でリフレインする。

どうか、上手《うま》くいきますように——。

既に影となりかけているハゲ山を見つめながら、俺はただ祈る。

俺のスマホが鳴ったのはその時だった。

画面を見ると、表示されていたのはルフさんの名前が出た通話画面。実は女子会の時、ティトリーちゃんが「もしもの時のため、ご主人様の連絡先をお教えしておきます」とこっそり教えてくれたのだ。

とはいえ、用もないのにこちらから連絡するなんて勇気は俺にはないので、今までなかったものとして過ごしてきた。それが今になって、向こうから連絡が来るなんて。

状況的に嫌な予感がする……。

意を決して通話ボタンをタップすると——。

『渡良瀬《わたらせ》さん！　助けてください！』
画面の向こうから聞こえてきたのは、悲痛な声で叫ぶルフさんの声だった。

※　※　※

新しい世界に降り立ち、不安しかなかった自分を救ってくれたもの。
それは人間の老父の屈託のない笑顔と、優しく気遣ってくれる言葉だった——。

「ご主人様」
ティトリーがこちらを見つめ、無言で行動を促す。
妾《わらわ》は——。
ううん、『私』は頷き、口の中で小さく詠唱を紡《つむ》ぐ。
間を置かず淡い緑の光が私たちの全身を包み、一瞬だけ視界が暗転した。
次に視界の前に広がっていたのは、私たちが作り上げてきた『山』の景色だった。
この圧縮された世界に足裏が付く度、思い出す。
何もかも見知らぬ世界で心折れずにいられたのは、ティトリーとネロリーがいてくれたからに外ならない。

二人の前では、常に『エルフの次期部族長として振る舞わなきゃ』という気持ちがあったから。

たとえ二度と戻ることがない世界だとしても、エルフの部族長という肩書きなんて無意味になっても、それでも二人の前では立派なエルフでいたいと思ったから。

元々気が弱くて泣き虫な私だけれど、幼い頃に一人称を変えるだけでちょっと強くなれた気がしてから、誰かの前ではずっと自分のことを『妾』と呼んできた。

そう決意したのだけど、結構な頻度で弱音も吐いてきてしまったことには反省している……。

「地形の最終確認完了しました。問題ないようです」

「ありがとうティトリー」

横で意識を集中させていたティトリーが言うと、私はすぐさま再度魔法を詠唱した。

緑溢《あふ》れる山に立っていた私たちは、一瞬の内に濡《ぬ》れた山肌へと移動。

風と雨が、容赦なく全身を叩《たた》きつけてくる。

いよいよこれからだ。

「私は西側のジャラエド地点に向かいます」

ネロリーが私に告げて、文字通りふわりと浮かんで飛んで行く。

「私は北側に。ご主人様、絶対に成功させましょう」

「うん。よろしくね」

ティトリーも続けて飛んで行く。

二人は、森の力を使って私が召喚した『亜精霊』だ。

本来はエルフの狩りの補助や、植物の病気を治す役割を持つ存在。召喚者のエルフと共に生き続ける者もいれば、役目を終えるとすぐに自然に返りたがる者もいる。

そして二人は――私と共に別の世界にまで付いてきてくれた。

だから私は、二人の前ではエルフの部族長として在らねばならないのだ。

これまで数え切れないほど自分に言い聞かせてきた言葉を改めて体中に染《し》みこませ、決意と共に顔を上げる。

私が担当するのは、東と南のジャラエド。

これらに魔力を送り込み、転移魔法を発動させる。

この世界に来てから、人々の暮らしや技術がどんどん進化していく様子を見るのは楽しかった。

ゲームの世界に入ろう。そこでカズオの望みの景色を作ろう――と、最初に考えたのはいつだったか。ただ初めてゲームに触れた時から、そこまで時間は経《た》っていなかったと思う。あくまでエルフとしての時間感覚だけど。

理由は不明だけど、私たちがゲームの世界に入ることが荒唐無稽だとはまったく思わなかった。

だってゲームという存在に初めて触れた時、とても懐かしい気持ちになったから。

だからここに入れる気がしたし、入れるのが当たり前だと思った。事実、この世界に入るための魔法がすぐに頭に浮かんできたのだから、その直感は間違っていなかった。

カズオが語ってくれた山の思い出と、同時に見せてくれた山の在りし日の写真は、ずっと忘れずに覚えている。白黒だったので最初は木の種類の判別に難儀したけれど、この世界の山を調べていくうちに答えにはたどり着けた。

ただ、問題はその後からだった。育成が本当に大変だったのだ。

エルフに伝わる森の育て方と、この世界の森とはどういうわけか相性が悪かったらしく、なかなか大きくならなかったのだ。

だから時間がかかってしまった。

私にとってはそこまででもないけれど、この世界に住む人間にしてみれば、長い長い年月が――。

考えながら移動していたら、目的の地点まで到着した。

ここは東と南のジャラエドのちょうど中間地点に当たる。ここからなら、二つのジャラエドに同時に魔力を送っても力が均衡になる。

「すぅー……はぁー……」

大きく息を吸って、吐いて。

落ち着け、私。

これまでに交換魔法は何度も試してきた。今回はその規模が大きくなっただけ——。

そう自分に言い聞かせても、勝手に心臓の速度が上がっていく。

ダメだ私。こんな時に緊張しないで。

ここで私が失敗したら、この地域の人達が——。

考えた瞬間、ぶわりと背中に嫌な汗が伝った。

そう。もうこの山は限界。

私がポンコツなせいで時間がかかったから、山に限界を迎えさせてしまった。少ない木の根が悲鳴を上げているのがわかる。もうこれ以上、地の形を留《とど》めておけないと。

手が震えてきた。絶対に失敗は許されない。

これでもし、魔法が発動しなかったら——。

嫌な未来予想図が頭の中をぐるぐると回り始めた、その時。

『あの……実は俺、こういうのを作ってみたいんです。引っ越してきたのもこの部活に入りたかったからで……！　それで森江《もりえ》さんが良かったらですけど、材料集めのアドバイスを貰《もら》えないでしょうか？』

突然脳裏に過《よぎ》ったのは、ジャラエドを前にした渡良瀬さんのキラキラした顔だった。

あ………………。

そうだ。彼のためにも私が頑張らなきゃ。

私の作った物で彼の人生を曲げてしまったかもしれないのに、それでも『関係ない』と笑ってくれた、『好き』だと言い切ってくれた彼のためにも。

渡良瀬さんがこれからもこの山で集めた材料をもとに、して好きな物を存分に作れるように――。

知らない間に手の震えが収まっていた。

それどころか今までにないほど、心は落ち着いている。

「……カズオ。お礼が大変遅くなってすみません。どうか見ていてくださいね」

私は静かに目を閉じて、魔法の言葉を紡ぐ。

大気が揺れる音がして、私の周りに温かい空気が集まってきた。

ティトリーとネロリーも既に現場に到着して魔法を使っているらしく、二人の魔力が足元から伝わってくるのを感じる。

このタイミングしか、ない――。

「転　移《ウィリディス・ガラー》！」

私は天に向かい、力ある言葉を力強く言い放った。

…………。

吹きすさぶ風の音が鼓膜を強く叩く。

これで、劇的に景色が変化するはずだった。それなのに。

視界に映る景色はそのままで、いつまで経っても変わらない。

手から伝わってくる感覚にも、何も変化がない。

魔法が、発動しない――。

「ど、どうして？」

全身にぶわりと広がる悪寒《おかん》。

先ほど頭に浮かんだ最悪の結果が、本当に起こってしまうとは思っていなくて。

何か手順を間違えた？　それとも魔法の言葉に何か間違いが？

再度魔法の言葉を紡いでみるけれど、やはり何も変化は起こらなかった。

びゅおうッ！　と空気が悲鳴を上げているかのような音が鳴り、私の全身を強い風が襲う。

「……まさか」

風を受けてとある可能性が浮かび上がる。

もしかしなくても、この強風でジャラエドが飛ばされてしまった？

どちらか、もしくはその両方か。

渡良瀬さんみたいに『見える』野生動物に持ち去られないよう、結界は張っている。風で飛ばされないように、ある程度の重さもある。けれど、日本の五月でここまでの強風になることまでは想定していなかった。元々、強風の中で使う予定ではなかったのだから。

確認しに行かなきゃ。でも東と南、どっちから？

もしくはティトリーとネロリーに頼む？

いや、それはダメだ。二人が持ち場を離れると、ジャラエドに魔力を送ることができない。私と違って、二人は遠くに魔力を送るほどの力はないのだから。

やっぱり、私が確かめに行かなきゃ。

でも……。それで間に合わなくなってしまったら？　どちらか一方の様子を見に行っている間に、崩落が始まってしまったら――。

山から聞こえてくる声なき声は既に限界だ。一刻の猶予もない。

どうしよう。

どうしよう。どうしよう。どうしよう。どうしよう。どうしよう。

不安と混乱でこれ以上何も考えられない。目から勝手に涙が滲《にじ》んでくる。

ああ、ダメだ。今泣いてしまったら、きっと心が折れてしまう。

しっかりしないと――と決意したばかりだったのに。

私は、この世界の山さえ救うことができないのか――。

『――――』

ヴンと、ポケットに入れたスマホから小さな振動が来たのはその時だった。

長年染みついた癖で、咄嗟《とっさ》にスマホを取り出して画面を確認してしまう。

画面に表示されていたのは、毎日やっているスマホゲームからのお知らせだった。こんな非常時に送られてきた娯楽のお知らせに、運営は悪くないのに腹立たしく感じてしまった。

私たちとは違う、どこか遠い世界から送られてきたような文面。受け取ったプレイヤーが変わりない日常を送っていること前提で送ってきているのだから、当然だ。

「…………あ」

スマホを見てふと閃《ひらめ》く。

誰かに頼めないか、ということを。

そして私の頭の中に咄嗟に浮かんだのは、一人の顔だけで。

気付いたら私は、一度も使ったことがなかった連絡先の画面を開いていた。

※　※　※

「はあっ、はあっ、はあっ――」

雨と風が全身を叩《たた》きつける中、俺はひたすら走り続けていた。

ルフさんと通話を繋《つな》げたままのスマホを、右手に握りしめたまま。

『渡良瀬さん！　助けてください！』

ルフさんからのＳＯＳに驚きつつも話を聞くと――。

魔法を発動させようとしたができなかった。その原因は間違いなくジャラエドにある。この強風で位置がズレている可能性が高いから、様子を見に行ってほしい――というものだった。

どれほど切羽詰まった状況であるのか、わざわざ確認せずともわかってしまった。ルフさんのあんな悲痛な声、今まで聞いたことがなかったから。

俺は即座に避難所を飛び出し、そして今に至る。

ただひたすら、一心不乱に山に向かって走った。

喉の奥に血のような味が広がってきて不快だ。肺が悲鳴を上げているのがわかる。学校のマラソン大会でも、こんなに必死で走ったことなんてない。

でも、足を止めるわけにはいかなかった。

『私は東のジャラエドに向かいますので、南のジャラエドをお願いします！　渡良瀬《わたらせ》さんと以前バッタリ遭遇した近くです！』

先ほどルフさんからお願いされた内容を脳内で反芻《はんすう》しながら、俺はハゲ山に向かって走り続けた。

部活の最中、ルフさんと会った場所。あの時のルフさんは、今日のためのジャラエドを設置していたというわけだ。ニートなのに何をやってたんだ、とか思ってすみません。

しばらくすると見慣れた坂道が見えてきた。いつ息が上がってもおかしくない状態だったけれど、ギッと前を見据えて坂道を上り切る。

開けた場所にポツンとある茶屋は、当たり前だが今日は閉まっていた。

その横を突っ切り、山の中へ。

白状すると、あの時は材料を見つけるためほとんど下を見ながら歩いていたので、明確な場所は思い出せない。

でも、探さなきゃ。

雨のせいで以前よりずっと薄暗い。どこを見てもそれっぽい景色な気がするけど、ここまで来て泣き言なんて言っていられない。

どこだ。どこにある？

足元を慎重に確認しながら、枯れ葉の積もる地面を歩き続ける。

ルフさんと会った場所。その近く――。

今の俺の頭の中はそれしかなかった。

『渡良瀬さん、着きました？　大丈夫ですか？』

突如スマホからルフさんの声がして、ハッと視線をはね上げる。そういえば通話を繋げたままにしていたんだった。俺の走る呼吸音が聞こえなくなったから声をかけてきたのだろう。

「はい、大丈夫です。今探しています」

呼吸はまだ整っていなかったけれど、よくわからない意地で平常な状態で聞こえるように喋《しゃべ》ってしまった。

『こちらは到着して確認しました。東のジャラエドは問題ありませんでした。だから渡良瀬さんのいる南のジャラエドが、おそらく――』

聞いた瞬間、鉛のように重たいものが腹の底に投げ込まれた気がした。

「そう、ですか……。俺、責任重大ですね」

『見つけたら規定の位置に戻してほしいのです。規定の位置は見たらすぐにわかると思います。私は渡良瀬さんがジャラエドを置いた直後、魔法を発動させますので』

「……わかりました」

ルフさんは言わなかったが、おそらく一刻の猶予もないだろう。何となく、言葉から伝わってくる緊張感で察してしまった。

見つけなきゃ。何が何でも。

改めて地面を注視しながら歩き続ける。

たくさんの枯れ葉。木の枝。鬱蒼《うっそう》と茂る雑草。風が頭上の木々を揺らし、まるで誰かが囁《ささや》いているような不気味な音を絶えず発している。

焦《あせ》りと緊張で、走っていた時とは違う意味で呼吸が荒くなっていく。

見つけなきゃ。見つけなきゃ。見つけなきゃ――。

呪文のように心の中で繰り返し、そして歩みを進めること数分。

「――――ッ⁉」

あった……。

ルフさんが『見たらすぐにわかる』と言っていた意味も理解した。

土の上に魔方陣が描かれていたからだ。

鈍い金色に光るそれは、何の塗料を使っているのかは不明。けれど、雨をもろともせずハッキリとそこにあった。

しかし、肝心のジャラエドがない。

風で飛ばされてしまったのだろうか？

急いで周辺を見渡す。

焦るな。集中しろ。保護色になっているから見落としやすいはず。

目を凝らして足元を探す。

しばらく魔方陣の周りをウロウロすること、数十秒。

あった――！

魔方陣からおよそ五メートルの地点に、横向きになって倒れていた。

急いでジャラエドを拾い上げ、魔方陣の中央に置く。

即座に後退して、魔方陣から距離を取り――。

刹那。

滝のような轟音《ごうおん》が俺の鼓膜を蹂躙《じゅうりん》した。

上から降ってくる地響き。ただごとではない音に心臓が跳ね上がる。

「あ────」

まるでスローモーションのようだった。

目の前の斜面が崩れ、下に生えた僅かな木々を瞬《また》く間にのみ込んでいく。

あまりにも無常に。

まるで水辺に作った砂の城のように、大胆に、呆気《あっけ》なく崩れていく山。

全身の血の気が引く、という感覚なんて知りたくもなかった。

早くここから離れないと──という心と、もう手遅れだという心が衝突して足が動かない。

ルフさんの魔法は間に合わなかった……？

マジか。俺、ここで死ぬのか。こんなに呆気なく。

絶望が頭を過《よぎ》った瞬間。

空が、弾《はじ》けた。

「────ッ⁉」

辺り一面に走る閃光《せんこう》。

あまりの眩《まぶ》しさに目なんて開けていられない。

瞼《まぶた》の裏に赤色が広がっている。これは自分の毛細血管の色だろうか。そんなどうでも良い思考が頭を過る。

目を開けたいのに、ただ瞼を持ち上げるだけなのに、自分の体なのに思うように動かせない。

そんなもどかしい思いを抱えたまま、おそらく十数秒が経過して——。

そういえば死をも覚悟したのに、俺の体には何の衝撃も襲ってこない。

瞼越しに光の収束を感知し、おそるおそる目を開けると、そこには。

「これ……は……」

声が、掠《かす》れる。

先ほどまで暗かったはずの空は、なぜか目映《まばゆ》いほどの光を放っていて。

その空の下、俺の目の前に広がっていたのは——。

一面の、朱《あか》だった。

崩れた山などそこにはなかった。

ずっとそこに在ったと言わんばかりに、紅葉で染まった木々が広がっていたのだ。

「…………」

あまりにも現実離れした光景に、俺は息をするのも忘れていた。

燃えるような朱。それでいて上品で。どこか儚《はかな》さもあって。

俺はしばしの間、目に映る景色を呆然《ぼうぜん》と眺めていたのだが——。

『渡良瀬さん！』

スマホから聞こえてきたルフさんの声で、ハッと我に返る。

「ルフさんッ！」

俺は堪《たま》らず大きな声で呼びかけていた。

「凄《すご》いです！　本当に凄い！」

もっと言いたいことがあるのに、これ以上言葉が浮かんでこない。語彙を司《つかさど》る頭の部分だけが、今だけ漂白されてしまったかのようだ。

でも、今はそんなことはどうでもいい。

ルフさん達は本当に復活させてしまったのだ。

この木がないハゲ山を！

『えへへ……ありがとうございます。全部渡良瀬さんのおかげですよ！　私たちは一度アパートに戻るので、そこで落ち合いましょう』

「わかりました！」

通話を終了するや否《いな》や、俺はがむしゃらにアパートに向かって走って行く。

魔法を発動させた直後は明るかったのに、再び空は暗くなっていて雨が全身を叩き付ける。でも、今は全然気にならなかった。

転がるように山を駆け下り、今度はアパートに向かう。

既に満身創痍《そうい》だったはずなのに、雨に濡《ぬ》れた服が体に張り付いて不快なのに、なぜか走る速度がまったく落ちなかった。

とはいえ、俺には無限の体力があるわけではないので、アパートに着く頃には激しく息を切らせていたのだが。

「はぁっ、はぁっ、はぁっ……！」

さすがにもう限界だ。膝に手をつき、悲鳴を上げる体に酸素を目いっぱい送り続ける。

どれくらいの間そうしていただろうか。

ふと顔を上げると、既に見慣れた明るい髪色が三色、俺の視界に入ってきた。

「ルフさん！」

掠れそうになる声を制して名前を呼ぶと、ルフさんは満面の笑みを俺に向けて駆け寄って来る。

「渡良瀬さん……！　見てくれましたか？」

俺は何度も大きく頷《うなず》く。

見たよ。見届けた。

魔法が発動する寸前はもう終わったと思った。でも、今はこの奇跡の瞬間に立ち会えて本当に良かったと思っている。

俺に凄い景色を見せてくれて、ありがとう――。

そう伝えたいのに、まだ息が整わなくて喋ることができないのがもどかしい。

ルフさんは俺の反応を見て微笑《ほほえ》んだ後。

「わ、私……。やっとカズオに、この世界にお礼ができました……！」

泣き顔と笑顔の混じったくしゃくしゃな顔で、俺にそう告げたのだった。


数日後――。

空はすっかり晴れ渡り、五月の暖かい風が吹き抜けていく夕方。

俺はルフさんの部屋を訪れていた。

ルフさん達が使った魔法はかなり大規模だったらしく、三人はすっかり体力を使い果たしてしまったらしい。

まあ、山をまるごと入れ替えたんだもんな。魔法のことはサッパリわからない俺だけど、規模が大きいことには体力を使う――というのは容易に想像がつく。

そんなわけで俺は三人から頼まれて、泣く泣く回復するまで食料の買い出しに行くことになったのだ。

ちなみに水瀬《みずせ》さんを始め、このことは誰にも言っていない。

ルフさん曰《いわ》く、今までになくダウンしているので皆に心配されるのが心苦しい――というのと、その理由を上手《うま》く説明することができないから、とのことからだ。

だからアパートの皆には「インフルエンザになった」というふうに伝えている。ただの風邪だと伝えたらお見舞いに訪れる人がいそうなので、感染症という保険をかけた形だ。

俺はスーパーで買ってきたペットボトルの麦茶を冷蔵庫に入れる。

代行の買い出しは今日が初めてではないのだが、他所《よそ》の家の冷蔵庫を開けるのは、やはりまだ少し抵抗がある。

「渡良瀬《わたらせ》さん。ありがとうございます」

いつの間にか、俺の横にティトリーちゃんがちょこんと立っていた。

「あれ。もう動いて大丈夫なの？」

「はい。私はもう回復しました。すっかりお世話になりました」

丁寧にペコリとお辞儀をするティトリーちゃん。

「本当。渡良瀬さんには感謝してもし足りません」

さらにはネロリーちゃんまでやって来て頭を下げる。

感謝されるのは嬉《うれ》しいけれど、過剰な気がして非常にくすぐったい。

「いや、二人ともそんなに畏《かしこ》まらなくても良いよ。むしろお礼を言わなきゃいけないのはこっちの方だって。三人がいなければ、今頃こんなにのんびりしていられなかったわけだし」

土砂崩れという災害を防いだ功績は、俺しか知ることがないというのがとてももどかしい。本来なら公に表彰されてしかるべきことなのに。

ちなみに公民館に避難していたこの辺の住民だが、認知を曖昧にする魔法で、避難した理由が土砂災害から強風へと変わっているらしい。

すっかり『ハゲ山』ではなくなったあの山も、いきなりの大変化に世間が大騒ぎ――することもなく。

やはり認知を曖昧にする魔法の効果で、ルフさん達の存在同様に何も言われてはいなかった。

『ハゲ山』という呼称も、本来の山の名前である『朱源山《しゅげんざん》』というものにすり替わっていた。これからうっかり俺が『ハゲ山』と言ったら、皆に不思議な顔をされてしまうだろう。気を付けないと。

特にすぱろう君の前ではとても失礼になるだろうから、より注意が必要だ。

五月なのに紅葉で染まっていた木々も、これまたルフさん達の魔法で元の季節に沿った色に戻っている。

ルフさんが言うには、カズオさんに真っ先に見せてあげたい景色が紅葉だったから、あの状態にしていたらしい。

とにかく、表面上は元通り。いつも通り、平穏な生活が戻ってきたわけだ。

「ところで二人は元気になったみたいだけど、ルフさんは？」

「ご主人様はまだ寝込んでいますが、直に治ると思いますよ」

「そうか……」

「主な原因が筋肉痛ですので」

「何で!?」

思わず大きな声を上げてしまった。魔法を使ったから体力が尽きたんじゃないの!?

「魔法で消耗した体力は、むしろ私たちより先に戻っていますが……」

「久々にたくさん動き回った反動が来ているみたいです。ご主人様、普段はほとんど引き籠もりでしたから」

「引き籠もりだったけど、山を戻すために奔走していたんだよね？」

「実は……主に奔走していたのは私たちの方でして。ご主人様の調査は魔法を使ったものが多く……」

つまり、普段からもあまり動いていなかったと。

確かに、出張と称して出かけていたのは二人の方だったもんな……。

「俺が山でルフさんと会った後も、実は筋肉痛で動けなくなっていた……？」

「まあ、はい」

そこまでインドア派だったのか、ルフさん……。

ていうか次期部族長だったんだろ？　そんなんで大丈夫なのかエルフ？

俺の心の声は顔に出ていたらしく、二人は同時に苦笑しながら続けた。

「人間同様、エルフも長年の環境で変わるものなのです……」

「ご主人様が元からポンコツなのは否定いたしませんが」

「ふ、二人とも……。さっきから酷《ひど》くない？」

部屋の奥の方から弱々しい声がした。確認する間でもなくルフさんだ。

ルフさんは布団《ふとん》の中から顔だけを出し、涙目でこちらを見ている。

「こちらの世界に来て、ここまでご主人様の体力が落ちるとは思っていませんでしたから」

「そうです。だから日頃から適度な運動は大切だと言っていたじゃないですか」

「ううぅ……」

何も言い返せないルフさん。大人が子どもに叱られているというダメダメな光景なのに、どこか安心感を覚えてしまうのはルフさんだからか。

風雲急を告げる声がしたのは、その時だった。

「よ――――すッ！」

「声がでかい！」

ビックリしすぎて事実をそのまま叫んでしまったじゃないか。

ネロリーちゃんがドアを開けると、そこにはニコニコ笑顔の市場《いちば》お兄さんが立っていた。

訪問販売の人では、ここまで純粋な笑顔は作れないだろう。

お兄さんの後ろには、市場お姉さんと鹿取《しかとり》さんまでいる。

「おりょ？　わたらっちじゃん。もしかしてお見舞い？」

わたらっち……。

知らない間に鹿取さんにあだ名で呼ばれていたらしい。

それはともかく、インフルエンザで遠ざけるように言っていた俺がここにいる理由を詳しくツッコまれたらヤバい。

「あ、そうです……」

「渡良瀬さんに買い出しのお願いをしていたんですよ」

ネロリーちゃんがフォローしてくれて助かった。

それに関しては紛れもなく事実だもんな。何もやましいことはない。

「へー。仲良いじゃん」

市場お姉さんがニヤニヤとする。

うっ……。人妻にそう見つめられるとちょっと怖い。洞察力がありそうだから。

「ところで皆さん、お揃《そろ》いでどうされたのですか？」

ティトリーちゃんが尋ねると、三人の大人は同時にニイッと悪戯《いたずら》好きの子どものような笑みを浮かべる。

「ルフちゃん、もうそこそこ元気でしょ？」

「まあ、かなり快方には向かっていますが……」

「だと思った。そんなわけで、明日また皆でバーベキューパーティーしようってことになってよ！」

「ルフちゃんの快方祝いにねー」

陽気に言い放つ市場お兄さんとお姉さん。

いや、まだ快方してないって。この人たち、単にバーベキューが好きなだけだろ！

「ってわけで、明日待ってるからねー！　あ、これ差し入れの栄養ドリンク」

「どうも……」

鹿取さんの勢いに圧倒されながら受け取るティトリーちゃん。

三人の大人は言いたいことだけを言い捨てると、バタンとドアを閉めて去ってしまった。

まるで嵐のようだった……。

「――ということですので」

「ご主人様。明日までには動けるようになってくださいね」

「はぁい……」

ルフさんのしおらしい返事が、布団の中から聞こえてきたのだった。

次の日の夕方。

俺がここに来てから二回目のバーベキューが、無事開催された。

前回のメンバーに加え、今日はすぱろう君も呼ばれている。

『どういうわけだか、彼も呼んだ方が良いかなという気分になって……』

とは早崎《はやさき》さん談。

認知を曖昧にする魔法がかかっているとはいえ、あの山の復活を祝いたいという気持ちがそうさせたのかもしれない。元々ハゲ山――もとい朱源山は、すぱろう君の家の土地だもんな。

そんなわけで、前回よりほんのちょっぴり賑《にぎ》やかになったバーベキュー。

二回目ともあって、俺もすっかりこの空気に慣れてしまった。

水瀬《みずせ》さんと早崎さんは、相変わらず二人仲良く共に行動しているし。

すぱろう君は、鹿取さんと市場お姉さんにからかわれながら肉を食べている。

やっぱり肉を焼く係の市場お兄さんと、彼を手伝う永島《ながしま》さん。

ティトリーちゃんとネロリーちゃんも、ドリンクの追加や炭の交換にと皆の世話を焼いている。

そんな中、肉を持った皿を片手に、山を見ながら一人黄昏《たそが》れているルフさん。

俺もさり気なくその隣に並んだ。

「もう動いても大丈夫なんですか?」

「渡良瀬さん。はい、問題ないです。ご心配おかけしました」

ルフさんは微笑《ほほえ》んでから、くるりと体の向きを変えて皆の方を見つめる。

「あの、渡良瀬さん……。妾《わらわ》はやっぱり、あなたに対して——」

「俺、本当に気にしていないですよ」

いきなり言葉を遮られたルフさんは目を丸くする。

俺は彼女が何を言いたいのか、瞬時にわかってしまったからだ。

「だってあの時ルフさんの作ったジャラエドに触ってなかったら、今ここにいる皆と楽しくバーベキューなんてできていませんでしたから」

「あ……」

ルフさんは小さく声を洩《も》らす。

今のは俺の偽らざる本音だ。それが通じたからこそ、ルフさんは言おうとしていた言葉を呑《の》み込んだのだろう。

しばしの沈黙が続く。夕方の生暖かい風に乗って、肉の良い香りが全身を包んでいく。

「あの、ルフさん」

「はっ、はい。何でしょう?」

「俺の聞き間違いかもしれないんですけど……。台風の日、通話で『私』って言ってませんでした？」

ほんの些細《ささい》な、だけどちょっと気になっていたことを尋ねただけだった。

それだけだったはずなのに、ルフさんはなぜか顔をリンゴのように真っ赤に染めて、ずざざざっと後ずさってしまった。

え？　何その反応？

「そっ、そんなことっ！　全然ないですよ⁉　渡良瀬さんの勘違いじゃないですかねえ⁉」

「声がひっくり返ってますけど……」

「わ、妾の地声は元からこんなんですよ⁉」

「いや、さすがにそれは無理がありますって……。まあ、嫌なら今の質問はなかったことにします」

「う、うん……。ありがとう……」

途端にしおらしく、ぽそりと呟《つぶや》くルフさん。

情緒が安定しないな？

またしても訪れる無言の時間。

なぜだか突然お互いにその空気がおかしくなって、俺たちは二人ともに忍び笑いを洩らしてしまった。

春の暮れ、青々とした山が見つめるこの地域。

様々な偶然が重なって今この時間を過ごせていることが、純粋に嬉《うれ》しい。

そんなちょっと恥ずかしいことを思いながら、俺は脂の乗った肉を頬張るのだった。

あとがき

皆さまお久しぶりです。もしくは初めまして。福山陽士《ふくやまはるし》です。

四シリーズ目となる今作はゆるゆる日常ものになりました。

実はこの話の冒頭部分を書いたのは、元号がまだ平成だった二〇一八年でして。『１ＬＤＫ、そして２ＪＫ。』よりも早かったのです。

その間に色々とありましたが、六年越しにようやく世に放つことができました。

いや、このニートエルフを本当に世に放って良かったのか――という疑問は少々ありますが……。だってヒロインがニートやで……。

そんなダメダメながらも一生懸命なエルフを、少しでも愛《め》でてやってくだされば嬉《うれ》しいです。


作中で登場する謎部活「自然工芸部」。調べたところ、現時点でこの名前の部活がある学校はないみたいです。近い活動をしている所はあるみたいですが。

ちなみに、私は工作はかなり苦手です。立体物が苦手なんや……。図工の授業も絵を描くのは好きだったけど、工作は時間内に終わらなくて半泣きになりながら放課後まで残っていた、そんな記憶。

主人公くんは手先が器用で羨ましいです、はい。


あまりあとがきページがないので謝辞ゾーンに入ります。

相変わらず話題転換が強引。


イラストを担当してくださった昌末《まさみ》様。

本当に可愛《かわい》くて美しいイラストをありがとうございました！　私の想像を悠々と超えてきた素晴らしいイラストに、ただただ感謝でございます。

いや、これは美人エルフですわ……。そして脚がとても綺麗《きれい》。

担当様。何とかご一緒に本を出せることができてホッとしております。本当に大変お世話になりました。

読者様。ここまで読んでくださり、誠にありがとうございました。少しでも楽しんで頂けたなら幸いです。

ではまた！

お便りはこちらまで

〒一〇二‐八一七七
ファンタジア文庫編集部気付
福山陽士（様）宛
昌末（様）宛

富士見ファンタジア文庫

お隣《となり》の美人《びじん》エルフの距離感《きょりかん》が近《ちか》すぎる件《けん》

～私《わたし》とイイコトしませんか？～

令和６年10月20日　初版発行

著者――福山陽士《ふくやまはるし》

発行者――山下直久

発　行――株式会社KADOKAWA

〒102-8177

東京都千代田区富士見2-13-3

0570-002-301（ナビダイヤル）

印刷所――株式会社暁印刷

製本所――本間製本株式会社

※定価はカバーに表示してあります。

●お問い合わせ

https://www.kadokawa.co.jp/（「お問い合わせ」へお進みください）

※内容によっては、お答えできない場合があります。

※サポートは日本国内のみとさせていただきます。

※Japanese text only

ISBN978-4-04-075579-3 C0193　◇◇◇

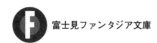